여동생이 여기사 학원에 입학했더니
어째선지 구국의 **영웅**이 되었습니다. 내가. **4**

After my sister enrolling in Girl Knights'School, I become a HERO.

사무라이 걸
전학생
어떤 의미로는 여기사……?

츠바키

이 건 틀림없이 A5 랭크……

폭풍을 부르는 전학생
츠바키

은발 흡혈귀
우뉴코

유능 메이드
카나데

Contents

여동생이 여기사 학원에 입학하더니 어째선지 구국의 영웅이 되었다 내가. 4

After my sister enrolling in
Girl Knights'School, I become a HERO

상식인
통달함
빈유

아야노

여동생이 여기사 학원에
입학 했더니 어째선지
구국의 영웅이 되었습니다.

After my sister
enrolling in
Girl Knights'School,
I become a HERO.

내가.

4

1장 변경백령 여기사 학원 분교

1

뱀파이어와의 결전 후 엘프들의 이주와 뒤처리도 대충 끝나고 겨우 일상으로 돌아온 초가을 어느 날.

오랜만에 로엔그린 성을 찾은 여왕 토코 씨가 응접실에서 차와 곁들일 디저트, 명물 고구마 양갱을 덥석 집어물면서 이런 말을 꺼냈다.

"저기, 스즈하 말인데."

"네?"

"확실히 말해 지금 퇴학 위기야."

"퇴학……?"

"그, 그그그, 그게 무슨 말씀이세요?!"

여동생인 스즈하가 비명을 질렀다. 정말이지 아닌 밤중에 홍두깨인 듯 당황한 모습.

나도 오빠로서 자세한 이야기를 듣고 싶었다.

"그게, 좀 성가신 이야기긴 한데."

토코 씨가 마지막 한 조각 남은 고구마 양갱을 입안에 집어넣고 말했다.

"순서대로 말할게. 사실 지금 왕도의 최강 기사 여학원은 군의 옛 주류파들이 소굴로 삼은 상태야."

"……네?"

옛 주류파에 대해선 나도 들은 적이 있다.

고작 우리 4명을 오거 수해로 보내고 웬타스 공국과의 승산 없는 침략 전쟁을 시도한 그런 녀석들.

옆에 앉은 유즈리하 씨가 눈살을 찌푸렸다.

"잠깐만, 토코. 그 녀석들은 예전에 내가 숙청했을 텐데?"

"대부분은 그렇지만. 그중에는 당시 부정부패를 저지르고도 증거가 안 나온 녀석들도 극히 소수지만 있었으니까. 그 녀석들까지 처형하진 않았잖아?"

"뭐, 그건 그렇지만……."

"그렇게 군 중추가 전부 교체된 결과 멍청한 녀석들의 거처가 사라지게 됐고. 그 녀석들이 출세와는 먼 한직(閑職)인 여기사 학원으로 흘러 들어가게 된 거지."

"……저기, 토코 씨, 여기사 학원이 한직인가요?"

"뭐, 그렇지. 솔직히 말해 유즈리하가 없는 여기사 학원은 가장 한직이라 할 수 있어."

"교육을 소홀히 하는 건 좀 아니지 않나요……?"

"그야 그렇지만 군사령부나 통합작전본부 같은 선망의 대상과 비교하면 아무래도 좀 그렇지. 게다가 여기사 학원은 일단 왕립이니까. 명목상으론 군의 직속 기관이 아니야. 그렇다고 왕가의 재량 따위 조금도 통하지 않지만!"

"네에……."

복잡한 사정이 있는 듯했다.

물어봤자 긁어 부스럼이니 입 다물고 있었지만.

"하지만 그것과 스즈하가 무슨 관계가 있나요?"

"그게. 스즈하랑 유즈리하는 스즈하 오빠와 함께 왕도에서 여기로 왔잖아?"

"네."

"즉 출석일수가 부족해. 뭐, 내 입장에선 실력이 뛰어나다는 걸 알고 있으니 리포트 제출만 하면 문제없도록 처리하고 싶은데……."

과연, 무슨 뜻인지 이해했다.

"그 처우에 대해 불만이 있단 건가요?"

"맞아. 스즈하는 이미 왕도 여기사 학원으로 돌아올 가망이 없으니까 얼른 퇴학시키래. 뭐, 괴롭힘의 일종이라 할 수 있어."

"으음……."

괴롭힘이긴 하지만 그건 그것대로 이치에 맞는 것 같았다.

그런 내 생각을 간파한 토코 씨가 말했다.

"미리 말해두겠지만. 이치에 맞는 것 같다고 생각할 필요는 없어. 출석 못 할 사정이 있어서 리포트만 제출하고 졸업한 학생도 얼마든지 있으니까. 그렇지, 유즈리하?"

"네? 그런가요?"

"토코 말이 맞아. 학생들은 기본적으로 귀족 영애들이니까 가문의 사정으로 휴학이나 리포트 제출로 졸업하는 경우도 흔히 있어. ──하지만 토코. 여기사 학원 이사장에겐 그런 이의를 무시할 정도의 권력이 있잖아?"

"그게 말이지. 여왕이 된 이후 여러 가지로 바빠서 반년 전에 이사장직을 관뒀거든. 역시 여기까진 예상 못 하고."

"그랬어?"

"뭐, 이번 항의는 좀 무리한 감이 있다고 따졌더니 이미 이사장을 관뒀으니 앞으로 나의 참견은 월권행위라고 못을 박더라고. 그러니 이대로라면 언젠가 또 그 녀석들이 이야기를 꺼낼 가능성이 높아."

과연. 상황은 대충 이해했다.

즉 스즈하가 왕도로 돌아가지 않는 한 언젠가 퇴학은 피할 수 없다는 것이었다.

그렇다면 우선 본인의 의사를 확인해야지.

"저기, 스즈하는──."

"설령 퇴학을 당한다 해도 전 절대로 오빠를 떠나지 않을 거예요."

"……하지만 스즈하, 그렇게 노력해서 입학했는데."

"애초에 전 오빠에게 도움이 되고 싶어서 여기사 학원에 입학했는걸요."

"그래?"

의사 확인 완료.

하긴, 나도 변경백이 된 이상 이 영지를 떠나는 건 어렵고──.

어떻게 할지 고민하고 있는데.

"그래서 나한테 스즈하 오빠에게 한 가지 제안할 게 있어."

"뭔가요?"

빙그레 웃던 토코 씨가 이런 말을 꺼냈다.

"──스즈하 오빠의 영지에 여기사 학원 분교를 만드는 게 어때?"

상상도 못 했던 제안을 내가 머릿속에서 몇 번이나 되풀이한 후.

"그러니까 또 하나의 여기사 학원을 만들라는 건가요?"

"그래."

"로엔그린 변경백령에?"

"그렇다니까. 그 학교를 만들어 스즈하를 바로 전학시키면 옛 주류파도 건드릴 수 없게 될 거야."

"하지만 여긴 엄청 변경인데요?"

"그건 바꿔 말하면 당장 마물 퇴치도 할 수 있고 여기사를 단련시킬 수 있다는 거 아냐? 안성맞춤이잖아. 국경도 가까워서 만일의 경우 종군하기도 수월하고."

"과연……."

"게다가 왕도 여기사 학원에 자리 잡은 옛 주류파를 고생해 쫓아내봤자 현 상태 그대로라면 어딘가 다른 부서에 뿌리를 내릴 거야. 그럴 바에야 정상적인 학교를 다시 세우는 게 고생이 더 적겠지."

"그건 지금 있는 학생들 입장에선 어떨지……."

"그 녀석들은 무능한 데다 권력 투쟁 이외에는 흥미가

없어서 실제 교육은 강사에게 맡겨놓고 있어. 그래서 교육 내용은 옛날 그대로야."

"흐음……."

그런 이야기라면 괜찮을 것 같았다.

——게다가 애초에 미스릴 광산에서 얻은 이익을 어떻게 할지 이야기를 나눴을 때 교육 시설을 세우자는 의견도 나왔었고.

그렇다면.

변경백령에 여기사 학원 분교를 설립하는 건 그야말로 일석이조 아닌가?

그리고 장기적으로 볼 때 변경백령을 지킬 여기사들을 이 지역에서 모두 양성한다는 게 가능하다면…… 얼마나 이상적인가.

"알겠습니다. 검토해보겠습니다."

말은 그렇게 했지만 내심 꽤 마음이 내켰다.

"응, 잘 부탁해, 스즈하 오빠!"

그렇게 말하며 고구마 양갱을 입 안 가득 밀어 넣은 결과, 토코 씨는 목에 탁 걸려서 『크으으윽……!』하고 신음을 흘렸다.

2

우리 변경백령 재정에 대해 현재 가장 자세히 아는 아야노 씨에게 이야기를 털어놓자 아주 쉽게 오케이가 나왔다.

"괜찮을 것 같습니다."

"아야노 씨도 그렇게 생각해?"

"건설할 가치는 있을 거라 사료됩니다."

역대 로엔그린 변경백은 교육에 열심이었다고는 말하기 어려웠다.

도심지에는 대학은커녕 제대로 된 학교 하나 찾을 수 없었다.

그런 변경백령에 여기사 양성 기관이라 해도 직접 학교를 세운다.

게다가 자신의 여동생도 다니게 될 거라 생각하니 당연히 기합이 들어갔다.

"그럼 아야노 씨, 건설 예정지는 어떻게 하지?"

"어렵네요. 평범한 학교라면 몰라도 군사 학원이라면 광대한 부지가 필요합니다. 하지만 현재 도심 쪽에서 거대한 토지를 확보하긴 힘들고……."

"그럼 저 산 위쪽은 어때?"

창문으로 보이는 산을 가리키며 말했다.

로엔그린 성은 우뚝 솟은 절벽 위에 세워져 있고 창밖으로는 깊은 협곡 너머로 민둥산이 몇 개 보였다.

그중에 가장 성과 가깝고 가장 험준한 민둥산 정상에 덩그러니 서 있는 어떤 건물.

그곳은 과거 수도원이었던 장소로, 현재는 사용하지 않

아 사람이 드나들지 않는 곳이었다. 일단 너무 불편하니까.

세상과 동떨어진 장소에 수도원을 세우겠다는 이유로 저렇게 험준한 정상에 만들었겠지만 역시 좀 도가 지나친 것 아닐까.

뭐, 그건 그렇다 치고.

내가 사용하지 않는 예전 수도원을 여기사 학원으로 만들고 싶은 이유는 단 하나.

사방팔방이 낭떠러지인 산 정상에 여기사 학원이 있다면.

"왠지…… 엄청 멋있을 것 같아."

"저기 말입니까……?"

"안 될까?"

내가 묻자 아야노 씨가 살짝 어이없다는 표정을 지으며 잠시 생각한 후.

"……생각보다 괜찮을 것 같군요."

"정말?!"

설마 아야노 씨에게 칭찬받을 줄은 몰랐기에 되물었다.

"네. 이미 토지가 부족한 도심지에 방해도 안 되고, 게다가 저 건물은 수도원으로서 사용됐을 때 마법으로 튼튼하게 보호받고 있었다고 합니다. 그러니 정비하면 충분히 사용할 수 있겠죠."

"그런 것까지 알아봤어?"

"아무래도 로엔그린 성에서 엎드리면 코 닿을 데 있으니까요……그렇다고 평소에 사용하기엔 너무 귀찮아 지금까

지 방치해뒀지만요."

어디서 봐도 워낙 높은 절벽 꼭대기라 일반인이 오가려면 곤돌라를 사용할 수밖에 없다.

일반적으로는 너무 불편한 건물이지만 여기사 학원이라면 문제없겠지.

여기사 학원 학생들이라면 1000m 절벽을 오르는 건 일도 아닐 테니까.

"그럼 아야노 씨 눈으로 봐도 나쁘지 않다는 거지?"

"그러네요. 괜찮을 것 같습니다."

"그럼 저기로 결정하자. ……그러고 보니 아야노 씨가 오리할콘 저장고도 지어야 한다고 하지 않았어? 그것도 함께 세울까?"

"——과연. 확실히 견고하고 도둑맞기 힘든 보관 장소로 본다면 저 정상에 건물을 세우는 게 베스트일지도 모르겠군요. 알겠습니다."

그러한 이야기를 나누고 있을 때.

아야노 씨에게 서류를 건네러 온 청년 관료가 대화에 끼어들었다.

"흥미로운 화제군요. 저도 끼워주시면 안 됩니까?"

"그렇게 하시죠."

그는 사쿠라기 공작가에서 온 관료들의 총괄 담당으로 이전에는 사쿠라기 본가 집사장 보좌로 있었다고 한다.

날 포함해서 모두가 보좌님이라고 부르고 있었다.

"보좌님이라면 들었을지도 모르지만 토코 여왕님의 제안으로 변경백령에 여기사 학원 분교를 세우게 되었습니다."

"네에. 물론 사쿠라기 공작가에서도 전면적으로 지지하겠습니다."

"감사합니다."

토코 씨와 사쿠라기 공작은 친한 사이라 걱정하지 않았지만 만약 공작가에서 반대하면 곤란할 뻔했다.

"──그런데 각하. 사쿠라기 공작가에서도 한 가지 제안할 게 있습니다."

"뭔가요?"

"변경백이 운영할 최강 기사 여학원에 상급 과정을 설치하시는 게 어떻습니까? 즉 종래의 여기사 학원 졸업생들과 현역 여기사를 받아들이는 제도라 할 수 있습니다만."

"과연."

그런 과정을 만들어 왕도의 여기사 학원과 차별화를 꾀하는 건 괜찮을 것 같았다. 역시 사쿠라기 공작가의 보좌님은 우수했다.

그런 생각에 빠져 있는데 아야노 씨는 다른 곳으로 생각이 미친 듯했다.

"유즈리하 씨 때문인가요?"

"역시 아시겠습니까?"

보좌님이 머리를 긁적이며 말했다.

"유즈리하 아가씨는 왕립 최강 기사 여학원을 졸업하면

더 이상 학생 신분이 아니게 됩니다. 따라서 원래는 공작가로 돌아와 차기 공작 자리를 계승하기 위한 준비에 돌입하는 게 관례입니다. 어쨌든 아가씨는 직계 장녀니까요."

"그렇습니까?"

그건 몰랐다.

유즈리하 씨는 본인의 입장에 대한 이야기는 기본적으로 안 하니까.

"하지만 아가씨는 관례를 무시한 채 졸업 후에도 영지로 돌아가지 않고 왕도에 있는 사쿠라기 공작의 업무도 돕지 않으며 군사관이 되지도 않으면서 변경에 정착하실 것처럼 보입니다. 만약 아야노 님이라면 이 상황을 어떻게 받아들이시겠습니까?"

"굉장히 옳은 판단이라 생각합니다."

"호오."

"대륙 정세를 내려다볼 때 로엔그린 변경백과 친해지는 건 공작가의 관례보다 훨씬 중요하니 사쿠라기 현 공작을 멋지게 보좌하고 있다 말할 수 있죠. ……그 이전에 공작께 그런 인식이 없으셨다면 이미 유즈리하 씨의 목에 줄을 매달고 본인 영지로 데리고 돌아갔겠죠."

"맞습니다. 역시 대단하시군요, 아야노 님은."

"귀족으로서 당연한 판단이라고 생각합니다만."

"동감입니다. 하지만 부끄럽게도 그런 것조차 모르는 멍청한 분가 혈족들이 우리 공작가에는 많이 존재합니다."

"······그 마음 잘 압니다."

"그러니 그 귀족들에게 공격받을 요소가 적은 게 좋겠죠."

"그래서 유즈리하 씨를 학생 신분으로 그대로 두기 위해 상급 과정을 설치해달라는 건가요?"

"그렇게 해주신다면 대단히 감사하겠습니다."

두 사람의 대화는 고도로 정치적이라 나로서는 이해할 수 없었지만.

그렇게 해서 유즈리하 씨에게 도움이 된다면 내가 거부할 이유 따윈 전혀 없었다. 그렇기에──.

변경백령에 세워질 여기사 학원 분교에는 왕도의 여기사 학원에는 존재하지 않는 상급 과정도 설치하게 되었다.

그 이후 건설과 관련해 유능한 사쿠라기 공작가의 관료들이 모여 이러쿵저러쿵 격론을 펼치며 문제점을 하나도 남김없이 해결한 결과.

불과 며칠 후에 발주부터 완성까지 상세한 계획이 완성되었다.

역시 아야노 씨와 공작가 관료들이었다. 고개를 들 수가 없었다.

3 (토코 시점)

늦은 밤 사쿠라기 공작 저택.

스즈하 오빠와의 교섭 후 왕도로 돌아온 토코는 그날 은밀히 공작가 서재로 들어오자마자 의기양양한 얼굴로 엄지손가락을 치켜세웠다.

그 모습을 보고 사쿠라기 공작은 토코의 작전이 성공했다는 걸 알았다.

"그래. 그 남자는 분교 설립 제안을 받아들인 것인가."

"응, 완벽하게!"

토코와 공작이 참여하는 밀실 회합의 최근 테마.

그것은 로엔그린 변경백 영내에 어떻게든 스즈하 오빠를 설득해 새로운 군사 시설을 세워야 한다는 것이었다.

물론 지금도 병영이나 국경 요새는 있지만 그런 게 아닌 좀 더 대규모 최신 군사 시설을.

이유는 간단했다.

변경백령의 중요도가 지금까지와는 비교할 수 없을 만큼 올라갔기 때문이다.

스즈하 오빠가 있는 이상 실질적으로 군사 침공은 일어나지 않는다 해도, 새로운 군사 시설 하나 세우지 않으면 타국에서 오리할콘이나 스즈하 오빠를 경시한다고 여길 수도 있었다.

그렇게 외교 문제가 일어난 결과, 스즈하 오빠가 폭발하는 게 가장 두려웠다.

"뭐, 사실 야전군 본거지 정도는 두는 게 당연하긴 한데."

"그 남자가 달가워하지 않겠지."

"그렇겠지——."

현재 변경백 당주인 스즈하 오빠는 서민 출신에 감성도 서민이었다.

그리고 귀족과 서민의 큰 차이점 중 하나가 군대에 대한 견해였다.

귀족에게 군대는 좋든 나쁘든 도구일 수밖에 없었다.

한편 서민은 때때로 군대에 감정을 갖는다. 즉 좋은지 싫은지.

그리고 스즈하 오빠는 공언하진 않았지만 아마 군대를 좋아하지 않는 타입일 거라는 게 토코와 공작의 공통된 견해였다.

귀족이나 권력과 군대의 호불호는 대부분의 경우 세트였다.

그리고 스즈하 오빠는 명백하게 귀족이나 권력을 안 좋아하니까.

——그런 이유로.

둘이 토론을 거듭해 떠올린, 타국이 볼 때 나름대로 볼 품도 있고 스즈하 오빠가 틀림없이 타협할 군사 시설.

그것이 여기사 학원 분교였다.

"내가 떠날 때 스즈하 오빠는 방긋방긋 웃으면서 전액을 부담하겠다고 했어. 미스릴 광산 이익으로 쓰고도 남을 거라고."

"즉 그 남자는 분교를 교육 시설로 받아들인 것이군."

"틀림없어. 뭐, 안 그랬으면 애초에 여기사 학원에 스즈하를 입학시키는 것도 달가워하지 않았을 거야."

"그 덕분에 유즈리하와 만났고 우리와도 인연을 맺게 됐단 건가."

"그렇지. 안 그랬으면 적어도 난 쿠데타로 틀림없이 죽었을 거야."

"그 탓에 유즈리하가 충격으로 의욕을 잃어 타국에게 공격받은 우리나라는 멸망했겠지. ……그 남자에게 권력욕이 없다는 건 정말 큰 결점이야."

"그랬다면 스즈하 오빠는 지금쯤 왕이 되고 난 그 옆에서 아내가 되었을 텐데."

"무슨 소린가. 그 남자 옆자리에 설 사람은 당연히 유즈리하 아닌가."

두 사람 다 그 부분에서는 한 발도 물러서지 않았다.

하지만 여기서 헛된 논쟁을 펼쳐봐야 의미가 없다는 건 이미 아주 옛날 뼈에 사무치도록 깨달았다. 그렇기에 공작은 이야기 화제를 바꾸기로 했다.

"그래서 어떻게 설득했지? 오리할콘 때문에 다른 나라가 시끄러우니까 세력을 빌려달라고 솔직하게 부탁했나?"

"바보 같은 소리 마!! 그럼 내가 외교 하나 못 하는 멍청한 여왕 같잖아! 스즈하 오빠에게 그런 꼴사나운 모습을 보여주긴 싫거든!"

"그럼 어떻게 부탁했지?"

"군의 옛 주류파에 대항하기 위해서라고 부탁했어!"

"……그건 꼴사납지 않은가……?"

공작은 고개를 갸웃거렸지만 토코 본인 입장에선 이치에 맞았다.

토코는 스즈하 오빠에게 내분으로 인해 벌어진 쿠데타라는 최악의 현장을 들킨 데다 도움을 받은 이상, 적어도 외교에서는 유능한 여왕이라는 이미지를 놓치고 싶지 않았다. 여자의 고집이었다.

"나도 고민했지만 스즈하 오빠에게 거짓말을 하는 건 싫었으니까."

"뭐, 구 주류파가 성가신 건 확실하니."

"게다가 국내 귀족들에 대한 견제도 되고 일석이조잖아. 나랑 스즈하 오빠는 밀월 관계라고 어필도 해야 하고!"

여기사 학원이라면 왕가 관할이라는 게 귀족들의 상식이었다.

어쨌든 여기사 학원의 정식 명칭은 왕립 최강 기사 여학원. 즉 왕립이었다.

스즈하 오빠가 제안한 분교 비용 전면 부담은 감사하게 받아들일 생각이지만, 그래도 귀족들은 왕가의 여기사 학원에 관한 권리 일부를 스즈하 오빠에게 넘겼다고 받아들이겠지.

뭐, 일부 유능한 귀족들은 내부 사정을 다 알겠지만.

공작이 갑자기 무언가 떠오른 듯 입을 열었다.

"흐음. 하지만 그대는 이전에 그 남자의 영향력을 걱정해서 변경백령에서 떨어뜨려 놓으려고 하지 않았나. 그건 이제 괜찮은 것인가?"

"아──. 그거 말이지……?"

토코의 눈이 살짝 흐려졌다.

"아니, 나도 그 무렵에는 여러 가지로 노력했어. 하지만 이제 포기했어."

"어째서?"

"그야!! 영지에서 좀 멀리 떨어뜨려놨더니 화이트 헤어드 뱀파이어를 쓰러뜨리고 환상의 엘프족까지 데리고 왔잖아?! 큰 공에도 정도라는 게 있는데! 내 위장은 스트레스로 이미 너덜너덜해졌어!"

"그럼 그 남자를 내버려 둘 것인가?"

공작이 묻자 토코가 한순간에 정색했다.

"절대 무리야. 말도 안 되지. 스즈하 오빠를 내버려 두다니, 설령 가정이라 해도 불가능해."

"그럼 지금 그 말은 불평이 아니라 자랑이군."

"뭐야──?!"

서둘러 손을 휘저으며 전력을 다해 부정하려는 토코.

하지만 결국 입을 우물쭈물 움직이다 끝끝내 반론은 하지 못했다.

뭐, 그것도 어쩔 수 없지.

본인도 그게 자랑이라는 것을 마음속으로는 이해하고

있었으니까.

*

스즈하 오빠가 얽히면 나사가 좀 풀리긴 하지만 토코는 기본적으로 유능한 정치가였다. 물론 사쿠라기 공작도.

그 후 몇 가지 걱정되는 사항을 의논한 다음 방침을 결정했고.

마지막으로 화제가 된 건 이대륙에 대해서였다.

"최근 바다 너머가 좀 수상해."

"……이대륙 말인가? 확실히 항구가 소란스럽다는 보고는 받았네만……."

토코가 있는 대륙과 바다를 사이에 둔 건너편에는 이곳과는 다른 대륙이 존재했고, 그것들을 합쳐 이대륙이라 불렀다.

가장 유명한 곳은 동쪽에 위치한 이대륙으로 그 이외에도 몇 군데 이대륙이 확인되었지만 그 이상은 알기 힘들었다.

애초에 국교라는 게 전혀 존재하지 않았으니까.

"이대륙에서 무슨 일이 있든 이곳과는 관계없지 않나……?"

"뭐, 보통은 그렇게 생각하지."

대륙에서 떨어진 먼 바다로 나가면 반드시 강력한 마수가 출몰해 배를 덮친다. 즉 너무 위험했다.

물론 강력한 마도사와 동행해 마수를 내쫓는 건 가능하지만 비용은 상당히 고액이었고, 마수와의 조우 이외에 폭풍우와 만나서 침몰할 위험도 컸다.

게다가 그렇게까지 해서 이대륙에 도착한다 해도 유익한 교역품이 존재하지 않았다.

──그런 이유로 이대륙으로의 여행은 부자들의 오락거리 정도라는 게 귀족을 포함한 공통의 견해였다.

하지만.

"만약 오리할콘을 찾았다면? 게다가 엘프까지 세트로."

"으, 음⋯⋯? 그건⋯⋯?"

"전쟁도 말이 안 된다고 할 수 없을 것 같지 않아?"

"⋯⋯부정하고 싶지만⋯⋯으음⋯⋯."

"그렇지?"

그리고 토코에겐 안타까운 소식이 더 있었다.

그것은 이대륙에 호전적이고 강대한 국가가 존재한다는 정보였다.

"공작은 동쪽 이대륙이 최근에 통일됐다는 이야기를 들었어?"

"아니⋯⋯이대륙에 대해서까지 신경 쓸 여유가 없었네⋯⋯."

"나도 그래서 아주 최근에 알게 됐는데. 듣자하니 엄청 강한 검호가 나타나 그 녀석이 적대국을 무너뜨리고 국가를 통일했대."

"……검호가 무엇인가?"

"나도 잘 모르겠지만 유즈리하 같은 사람인가 보던데?"

그 정보를 처음 들었을 때 토코는 이상하게 납득했다.

그야 유즈리하만큼 강한 녀석이 확실하게 전쟁에 투입되어 실력을 충분히 발휘했다면 대륙 통일 정도는 가능하겠지.

"──그건, 그 녀석들이 전쟁을 일으킬 수도 있다는 뜻인가?"

"거기까진 모르겠지만 조건은 들어맞잖아."

"나머지는 이대륙에서 오리할콘이 얼마나 가치가 있냐에 따라 달라지겠지만……."

이대륙에서 오리할콘은 이곳만큼의 가치가 없을지도 모른다.

그렇다면 문제없었다.

하지만 만약 이 대륙 이상으로 귀중한 물품이라면──.

"……일이 생길 수도 있겠군."

"그렇지. 이대륙에는 스즈하 오빠를 통한 위협도 통하지 않을 테고."

"당연하지."

이곳에선 스즈하 오빠의 존재만으로 상당한 억제력을 가진다.

하지만 그 실적이 너무나 전대미문이라 이대륙 인간에겐 반대로 통용되지 않을 것이다. 리얼리티가 너무 떨어지니까.

토코도 이대륙 검호가 백만의 군대를 혼자 쓰러뜨렸다고 한다면 틀림없이 콧방귀를 뀌었겠지.

"뭐, 지금 단계에선 그럴 가능성이 있다 정도지만."

"그래. 머릿속에 넣어두기만 하면 되겠군."

"맞아."

하지만 이런 나쁜 가능성은 대부분 현실이 된다…….

토코는 그렇게 생각했지만 역시 입 밖으로 꺼내진 않았다.

4

여기사 학원 분교로 다시 태어날 예전 수도원 리모델링 공사가 빠른 속도로 진행되고 있었다.

변경백령 내에 있던 솜씨 좋은 장인들이 집결해 최우선적으로 일을 맡아줬다. 그 밑에서 많은 작업자들이 활발하게 일하고 있었다.

그리고 그 속에 섞여……우리도 일하고 있었다.

"아니, 왜 두 사람 다 여기 있어요……?"

난 석재를 옮기며 뒤쪽을 어이없다는 듯 쳐다보았다.

그곳에 있는 건 터무니없이 아름다운 미소년 2인조.

키가 작은 쪽은 파란 머리 포니테일, 또 한 명은 허리까지 길게 늘어뜨린 블론드 헤어.

두 사람 다 체구는 가냘픈 여성 같았지만 가슴팍은 고릴

라처럼 두꺼웠다.

그 정체는 아주 큰 가슴을 무명천으로 짓누르고 남장을 한 스즈하와 유즈리하 씨였다.

"그대가 있으니까 파트너인 내가 달려오는 건 당연하지."

"공작영애가 할 일은 아닐 텐데요?"

직업에 귀천은 없다는 게 신조인 나였지만 아무리 그래도 너무 안 어울리는 조합이었다. 나도 사쿠라기 공작에게 혼나고 싶진 않거든요?

"오빠 말이 맞아요. 그러니까 여긴 저랑 오빠에게 맡기고 유즈리하 씨는 가보세요."

"크흑…… 아, 아니! 지금 난 스즈하네 오라버니 호위 담당이야! 티나지 않게 경호하기 위해 둘이서 공동 작업을 하고 있는 거니까!"

오른팔을 구부려 알통 포즈를 취한 유즈리하 씨.

왼손 하나로 지탱한 무게 10톤의 석재가 꿈쩍도 안 하는 건 유즈리하 씨니 당연하겠지만 능력 낭비라는 생각도 들었다.

"하지만 오빠도 그렇잖아요. 왜 변경백인 오빠 본인이 리모델링 공사 현장에서 작업자로 일하고 있는 거예요?"

"시찰이야."

그래, 나에게는 시찰이라는 대의명분이 있었다.

대량으로 파견된 사쿠라기 공작가 관료들 덕분에 내 일은 극단적으로 감소했다. 아야노 씨랑 둘이서 서류와 격투를 벌이던 건 이미 과거 이야기.

게다가 서류 업무 자체도 드디어 정리가 된 것 같고.

그래서 최근 난 비밀 시찰이라는 명분을 대며 몸을 움직이고 있었다.

나의 대답에 스즈하는 납득하며 눈을 반짝거렸다.

"확실히 오빠가 계속 작업하면서 감시하면 만약 공작가에 숨어든 배신자가 몰래 빠져나갈 구멍이나 비밀의 방을 만들려고 해도 바로 찾아낼 수 있겠네요! 역시 대단해요, 오빠!"

"그런 생각 안 하거든?!"

유즈리하 씨 본가에서 온 사람들을 의심하는 발언을 본인 눈앞에서 하는 건 좀 그렇지 않나. 그야 위기관리 면에선 옳은 의견일지도 모르지만.

하지만 유즈리하 씨는 웬일인지 지친 표정으로 말했다.

"아니, 됐어, 스즈하 오라버니…… 이렇게 말하긴 좀 그렇지만 공작가에 있는 관료들은 일은 잘하지만 개성이 강한 녀석들뿐이니까. 변덕을 부려 멋대로 비밀의 방 한 두 개 정도는 몰래 만들려 한다 해도 이상하지 않아."

"네에……?"

"그래서『변경백께서 감시한다니 굉장히 감사하다, 역시 그는 혜안의 소유자다』라고 우리 보좌도 고마워했어."

이게 대체 무슨 소리지.

집무실에서 따분한 시간을 보내는 것도 좀 그래서 몸을

움직이려 한 것뿐인데 어느새 사려 깊고 멀리 내다보는 존재가 되어버린 듯했다.

전적으로 오해인데.

*

일이 끝나 곤돌라를 타고 도심으로 돌아오자, 퇴근길을 겨냥한 장사꾼들의 포장마차가 늘어서 있었다.

참고로 종류는 고기나 술이 대부분. 그야 육체노동이 끝난 후니까.

나머지는 기껏해야 게임이나 도박 종류의 노점이 약간 존재하는 정도.

"오빠, 오빠, 저 포장마차에 도전해도 될까요?"

"어디, 어디…… 힘자랑……? 참가비는 동화 1장, 팔씨름에 이기면 은화 5장……? 스즈하, 위험하니까 절대로 하면 안 돼."

물론 위험한 건 스즈하가 아닌 상대편.

아무리 가냘파 보여도 여기사 학원 학생인 스즈하의 팔힘은 일반인보다 상당히 강했다. 그러니 상대가 군인이면 몰라도 아마추어의 힘자랑이었을 경우 피 튀기는 현장이 펼쳐질 수도 있었다. 여기서는 기각에 한 표.

"꼬치 사줄게."

"와아."

스즈하 것만 사는 것도 좀 그래서 3명이 먹을 꼬치를 1인당 2개씩 샀다.

그대로 걸으며 먹었다. 예의엔 어긋났지만 이런 게 또 맛있었다.

"오빠! 이 고기, 육즙이 쫙 퍼져서 엄청 맛있어요!"

"다행이네. 유즈리하 씨는 어떠세요?"

"으음, 이거 맛있는걸…… 게다가 그대가 사서 나에게 건네준 꼬치라고 생각하면 어떤 궁정 요리보다 맛있게 느껴져…… 물론 가장 맛있는 건 그대가 직접 만든 요리지만."

기뻐하는 것 같아 다행이었다.

나도 꼬치를 덥석 물자 강렬하기까지 한 지방층이 몸을 부드럽게 위로했다.

서민적으로 걸으며 꼬치를 먹는 이 순간, 난 누구에게도 방해받지 않고 자유로웠다.

혼자 조용히 여유롭게…….

"으음…… 저기, 저쪽이 좀 시끄러운데."

혼자…… 조용히……

"오빠, 싸우는 것 같아요. 일촉즉발의 상황이에요!"

조용……히……

"좋아, 말리러 가자!"

"……놔둬도 될 것 같은데요……?"

서민들의 싸움은 일상다반사.

개중에는 서로 치고받으며 생기는 우정도 있다고 큰소리치는 녀석들도 있을 정도였다.

　그렇다 해도 여기사인 유즈리하 씨로선 방치해둘 수 없겠지.

　꼬치를 베어 물면서 유즈리하 씨에게 소매를 잡힌 채 따라갔다.

　도착한 곳에서는 남자 두 명이 맨손으로 치고받고 있었다.

　놀라울 정도로 전형적인 서민들의 싸움.

　주위에서는 구경꾼들이 떠들고 있었다. 완전히 구경거리로 변해 굉장히 즐거워 보였다.

　유즈리하 씨가 곤란한 얼굴로 말했다.

　"……왠지 다들 즐거워 보이는데……."

　"그러게요. 말릴까요?"

　"으, 으음…… 글쎄…… 아니, 하지만……."

　두 사람은 한 대씩 크게 휘둘렀다. 만약 이게 유즈리하 씨였다면 1mm 차이로 피할 수 있었을 만한 그런 펀치의 응수.

　참 소박한 싸움이잖아.

　"뭐, 이게 서민들의 스트레스 해소법이라 할 수 있죠."

　"말리는 게 오히려 촌스럽나?"

　"그럴지도 몰라요."

　하지만 솔직히 좀 특이하긴 했다.

　특히 한쪽 남자의 움직임이.

사실은 좀 더 세련되게 맞설 수 있을 텐데 아마추어 레벨의 움직임이라고 연기하는 게 다 보였다.

소박한 싸움이라 상대에게 맞춰주고 있는 걸까. 고지식하군.

곁눈질로 싸움을 바라보며 입안에 들어있던 고기를 꿀꺽 삼키던── 바로 그때.

한쪽 남자가 품속에서 칼을 꺼내는 게 보였다.

"윽?!"

반사적으로 난 후다닥 뛰어나갔다.

칼을 꺼내든 남자의 움직임은 지금까지의 싸움과는 달리 훈련된 것이었다.

상대 남자도 지켜보던 사람들도 갑작스러운 일에 굳었다.

그대로 빨려 들어가듯 흉기가 닿기 직전.

난 고기를 먹어치우고 남은 꼬챙이 2개 사이로 남자의 칼을 끼워 멈췄다.

"거기까지!"

맨손이 아닌 꼬치를 사용한 건 만에 하나 칼에 독이 묻어있을 가능성을 염두에 뒀기 때문.

"……뭐, 뭐야, 너는……?!"

"그냥 지나가던 사람. 그것보다 이런 싸움에서 무기를 꺼내는 건 금기 아닌가?"

"윽!! 꼬챙이 사이에 꼈을 뿐인데, 꿈쩍도 안 한다고……?!"

"역시 못 본척할 순 없으니 위병에게 넘길게……응?"

발소리에 뒤를 돌아보니 유즈리하 씨가 이쪽으로 달려오고 있었다.

"괜찮아?!"

"네. 위병을 불러주신다면 감사할 것 같습니다."

"그건 스즈하에게 맡겼으니까 걱정 마…… 갑자기 폭발하는 듯한 기세로 달려나가서 심장이 멎는 줄 알았어! 참나, 정말."

유즈리하 씨와 이야기를 나누는 사이에 놀라 굳었던 군중들도 겨우 정신을 차린 듯했다.

"뭐, 뭐가 일어난 거야……?"

"모르겠어…… 저 남자가 싸움 도중 갑자기 칼을 꺼내 베려고 했는데 그다음 순간 저 형씨가 꼬챙이 2개로 날을 막았어……!!"

"칼을 든 녀석이 팔을 부들부들 떨면서 온 힘을 다해 칼을 빼내려고 하는데…… 저 형씨가 꼬챙이로 막은 칼은 꿈쩍도 하질 않아……!!"

"무슨 상황인지 모르겠지만…… 저 형씨가 엄청 강하다는 건 알겠어……!"

"저 사람의 힘은 그 살육의 전쟁 여신에 필적하는 거 아닐까……?"

아무리 그래도 그건 너무 오버야.

우리나라에서 전설의 여기사 유즈리하 씨를 칭하는 살육의 전쟁 여신에 필적하다니 참나, 주제넘는 데에도 정도가 있지.

기분 나쁘지 않을까…… 쭈뼛거리며 지켜보자.

유즈리하 씨가 웬일인지 뺨을 붉히며 손가락을 꼼지락거리고 있었다.

"그, 그건 즉……나랑 스즈하 오라버니가 자, 잘 어울리는 커플로 보인다는 건가……?"

"아니니까 쑥스러워하지 마세요."

지금 유즈리하 씨는 남장을 하고 있는 탓인지 평소보다도 중성적인 매력이 강화된 상태라, 신선한 귀여움이 있어 반응하기 곤란했다.

──그 후 스즈하가 데리고 온 위병에게 두 사람 다 넘기고 우리는 그대로 돌아왔지만.

나중에 듣기에는 칼을 꺼낸 그 남자는 무려 암살자였고, 또 한 명의 남자는 사쿠라기 공작가의 연줄로 일부러 불러들인, 왕도에서도 굉장히 실력 좋은 장인이었댄다. 그리고 암살자는 싸움으로 꾸며 암살을 꾀했다고 한다.

어느 몰락귀족이 대금을 떼먹으려고 시도한 거라나.

다음 날, 장인과 그 딸에게서 너무 큰 감사 인사를 들어 송구스러웠다.

5

내가 변경백이라는 사실이 모두에게 알려졌기 때문에 현장 작업은 관뒀다. 그 사건 때문이었다.

뭐, 나도 옆에서 일하는 게 귀족이라는 사실을 알면 설령 명목뿐이라 해도 놀랄 테니까. 그렇게 생각하면 어쩔 수 없었다.

그렇게 성 집무실에서의 사무 작업 겸 자질구레한 일을 하는 날들로 돌아온 어느 날.

"——각하. 시간 괜찮으십니까?"

웬일인지 고개를 갸웃거리며 집무실로 돌아온 아야노 씨에게 괜찮다고 고개를 끄덕이자.

"저기…… 마을 경비대가 각하를 만나고 싶다는 인물이 있다는데……."

"어떤 사람인데?"

수상쩍은 사람이거나 범죄자라면 그냥 붙잡았을 테고, 손님이라면 데리고 왔겠지.

즉, 판단이 안 선다는 뜻이었다.

하지만 왜 아야노 씨는 그 말을 하기 힘들어 보일까?

"……그자의 외견적 특징은 우선 스즈하 님이나 유즈리하 님에 필적하는 매우 뛰어난 미소녀로……."

"유즈리하 씨 친척인가?"

스즈하에게 여자 친척은 없으니까 만약 있다면 유즈리하 씨겠지.

"스타일도 두 사람에게 필적할 정도로…… 가슴이 장난 아니게 큰데……."

"그건 분명 유즈리하 씨 친척일걸?"

"기묘한 차림으로 가슴을 무명천으로 꽉 조이고……."

"……?"

"듣자 하니 본인보다 강한 녀석을 만나러 왔다고 진술하고 있다는데……."

"엄청 수상쩍은 사람 같지 않아?!"

그래도 나쁜 짓을 하고 있다는 이야기는 아닌 듯했다.

"알았어. 내가 만나볼게."

"괜찮으시겠습니까?"

내가 볼 땐 이 나라 최강의 여기사 유즈리하 씨를 만나게 해줘야 기뻐할 것 같지만. 그래도 공작영애인 유즈리하 씨를 소개장도 없이 가벼운 마음으로 만나게 해줄 순 없었다.

그런 점에서 나라면 변경백임에도 평민 같은 존재니까 문제없을 거다.

"유즈리하 씨를 만나게 해줄 순 없으니까!"

"……또 바보 같은 생각을 하고 계시겠지만 전 태클 걸지 않겠습니다……."

물 흐르듯 매도당하고 말았다. 어째서?

데리고 온 그 미소녀는 들었던 것 이상으로 수상쩍어 보였다.

나이는 스즈하랑 동갑 아니면 살짝 어린가?

얼굴은 엄청 아름다웠고 움직일 때마다 긴 검은 머리가 찰랑찰랑 흔들리는—— 거기까진 좋았다.

본 적 없는 이국의 복장.

훗날 물어보니 전통 복장인 몬츠키하오리하카마라고 했다.

아무리 봐도 튼실한 멜론보다 큰 가슴을 새하얀 무명천으로 꽉 졸라매고 있었다. 허리에는 칼을 2개 차서 허리띠로 고정한 상태였다.

……내가 변경백이 아니라면 분명 무시할 안건이겠지, 이건.

어디부터 태클을 걸지 고민하고 있는데 상대가 자기소개를 했다.

"소생은 츠바키라고 한다. 동방에 있는 대륙에서 왔다."

흐음. 동방 대륙 출신이구나.

내가 감탄하고 있자 아야노 씨가 험악한 얼굴로 말했다.

"잠깐만요, 각하. ……츠바키 씨, 그건 이대륙이라는 뜻인가요?"

"이 대륙 입장에선 이대륙이 되겠지."

흐음, 흐음. 그래서 기묘한 차림을 하고 있었구나.

"소생은 유랑하는 무예가인데 고향에서는 싸울 상대가 더는 없다. 그래서 이렇게 이쪽 대륙으로 건너왔다."

"과연."

동기에도 언동에도 이상한 부분은 없었다. 좋았어!

"그럼 조심해서 즐거운 여행 되시길."

"잠깐만요, 각하?!"

웬일인지 아야노 씨에게 제지당했다.

"이 소녀는 명백하게 이대륙에서 온 군인입니다! 자세히 조사해야 하는 거 아닐까요?"

"그렇긴 하지만…… 이 아이의 실력은 스즈하랑 비슷할 정도인데?"

이런 건 분위기로 대강 알 수 있었다.

내가 보기에 이 아이의 무예 실력은 스즈하와 비슷하거나 좀 더 나은 정도.

즉 여기사 견습생과 비슷할 정도로, 엄청나게 강한 건 아니었다.

그러니까 내버려 둬도 문제없겠지.

그렇게 내가 본인에겐 들리지 않도록 귓속말을 하자 아야노 씨가 굉장히 묘한 얼굴로 팔짱을 끼면서 잠시 생각에 잠겼다.

"——과연, 드디어 법칙성이 보이는군요."

"뭐가?"

"각하의 판단 기준 말입니다. 각하는 선입견이 있는 상대의 경우엔 실력의 기준이 일반인이 되고 그렇지 않으면 실력 기준이 본인이 되는군요."

"본인인지는 잘 모르겠지만 그런가?"

일반인이든 나든 그렇게 큰 차이가 있는 것 같진 않은데.

"그러니까 조심해서 즐거운 여행을."

"그럴 순 없다."

츠바키를 보내주려 했더니 웬일인지 본인이 스톱을 걸었다.

"저기, 무슨 문제라도?"

"그대와 한번 승부를 겨뤄보고 싶다."

"……뭐? 나랑?"

"그대를 처음 본 그 순간부터 소생의 영혼이 외치고 있었다."

"뭐라고?"

"──드디어 발견했다, 눈앞에 있는 이 사내야말로 소생이 쓰러뜨리지 않으면 안 되는 라이벌이라고──!"

"……어떻게 그런 걸 알지?"

"행동거지를 관찰하면 그대의 대략적인 실력은 알 수 있다. 게다가 무엇보다 그대 주위에 터무니없이 강한 자의 오오라가 감돌고 있다──!"

"뭐어……?"

꽤 편견이 심한 이대륙인이었다.

하지만 이쪽도 수상쩍은 사람 취급하면서 힘들게 했으니 뭐, 사과하는 뜻에서.

"어쩔 수 없지. 그럼 뒤뜰로 갈까?"

"잘 부탁한다!"

6 (유즈리하 시점)

——스즈하 오빠가 이대륙에서 온 수수께끼의 무예가와 면회하고 있다.

한창 거물 상회장들과 회의 중이던 유즈리하는 그 말을 들은 순간 즉시 자리에서 일어나 그날 일정을 전부 취소하고 성으로 돌아가기로 결정했다.

"죄송합니다, 급한 일이 생겨서 전 이만."

"네……? 저기, 뒤에 웬타스 공국에서 나는, 환상이라 할 정도로 맛이 좋다는 음식들을 모두 모은 점심을 대접하려 했는데…… 그 자리에서 우리 아들도 소개하고 싶고."

출석한 거대상회 회장들이 어떻게든 붙잡으려고 방법을 꾀했지만 유즈리하는 일고의 여지도 없이 뛰어나가 성으로 향했다.

회장들이 자신과의 회합을 대단한 명예라고 생각한다는 사실을 어느 정도는 이해하고 있는 유즈리하는 아주 잠시 미안한 감정도 느꼈지만.

그런 것보다 압도적으로 머릿속을 차지하고 있는 결의가 입에서 흘러나왔다.

"난 스즈하 오라버니의 등을 지키는 파트너야——!"

자신의 파트너가 낯선 이대륙 무예가와 대치하고 있다.

그렇다면 만에 하나를 생각해서 본인도 동석하는 게 이

치에 맞겠지.

──그렇게 마치 강물 흐르는 듯 매끄럽게 구축된 유즈리하의 머릿속 이론에는, 애초에 본인이 대처할 수 있다면 스즈하 오빠 혼자서도 괜찮을 거라는 이론은 존재하지 않았다.

전속력으로 성까지 돌아가 두 사람이 있다는 뒤뜰로 달려갔다.

그리고.

유즈리하는 그동안 몇 번이나 경험했던 광경을 목격했다.

"……이건……."

우선 먼저 달려온 스즈하에게 물었다.

"스즈하. 상황은?"

"보시는 대로예요."

눈앞에선 스즈하의 오빠가 묘한 차림을 한 소녀를 일방적으로 두들겨 패고 있었다.

굉장히 낯익었다. 이러한 경험도 있었다.

그건 본인이, 아마조네스가, 메이드인 카나데가 지나온 길──.

"오빠 실력상 이렇게 될 줄은 알았지만요."

"아──."

이쪽 대륙에서는 본 적 없는 칼.

저 민족의상은 분명 동쪽 이대륙 복장으로, 기모노라고 불리는 것이었다.

41

하지만 저 옷은 남성용이었던 것 같은데……?

"요컨대 늘 있던 그거야?"

"그렇죠. 뭐, 대륙이 다르다 해도 실력은 그렇게 다르지 않을 테니까요. 당연하겠지만."

"그래도 스즈하의 오라버니가 다소 상대하기 어려워하는 것처럼 보이는데."

"아까부터 보고 있었는데 저 이대륙인은 꽤 강한 데다 싸우는 방법이 우리랑 전혀 달라요."

"흐음?"

"엄청 대충 말하자면 이쪽 전투 방식은 기본적으로 검으로 내리치는 느낌이잖아요. 하지만 저쪽 전투 방식은 그렇지 않고 검으로 베어 가르는 느낌이랄까."

"과연."

"그 외에도 엄청 공격 중심적이고 방어는 거의 무시한달까, 피해서 안 맞기만 하면 된다고 생각하는 듯한…… 어쨌든 그렇게 움직여요."

"그럼 스즈하의 오라버니가 상대하기 꽤 힘들겠네."

"그래도 처절하게 쓰러뜨리는 시점에서 역시 오빠라 하겠지만요."

"동의할 수밖에 없겠지."

……하지만 저 이대륙 소녀, 상당한 미소녀인 데다 가슴도 너무 크잖아? 무명천으로 꽉 짓눌러놨지만 역시 수박 크기는 우습다고 할까.

자신은 제쳐 놓고 유즈리하가 소녀를 노려보듯 관찰했다.

분하지만 저 소녀의 무인으로서의 실력은 대단했다.

아무것도 모른 채 싸우면 살육의 전쟁 여신이라 불리는 자신조차 색다른 공격에 농락당했겠지.

그걸 제외하더라도 자신과는 거의 호각이거나 어쩌면 저쪽이 좀 더 셀 것이다.

아직 세상은 넓구나……라고 유즈리하가 팔짱을 끼고 끙끙거리고 있는데.

"근데 유즈리하 씨, 아까부터 신경 쓰이는 게 있는데요."

"뭔데?"

"저 이대륙 사람은 가끔 이해할 수 없는 말을 외쳐요."

"흐음."

"아까도 『이대륙 사내는 일반인도 이 정도로 강한 것인가?!』라고 하던데."

"……그건…….'"

무슨 상황인지 상상이 갔다.

스즈하 오빠의 입버릇을 떠올려보면.

본인은 서민이니 일반인이니 농담으로밖에 들리지 않는 말들만 하니까.

"그건 설마…… 스즈하의 오라버니를 일반인으로 착각하고 있다는 건가……?"

"하하하. 그런 말도 안 되는 일이."

"그럼 스즈하는 그 이외의 가능성을 생각할 수 있어?"

"전혀 생각나지 않아요."

다시 한번 자세히 관찰했다.

그 이대륙 소녀는 눈을 반짝거리며 전력을 다해 스즈하 오빠와 맞부딪쳤다.

"……하지만 이건 기회야."

"어째서요?"

"저 이대륙 소녀의 눈을 잘 봐."

그 말을 들은 스즈하가 빤히 관찰하고는 한마디.

"도둑고양이 같은 눈을 하고 있어요."

"그렇긴 하지만 그런 게 아니라── 잘 들어, 아마조네 스와 비교해봐."

"네에."

"스즈하의 오라버니와 싸운 아마조네스는 자기 힘에 대 한 자부심을 철저하게 파괴당하고 프라이드가 근본부터 엉망진창으로 붕괴됐었지. 한 번만 공격에 성공해서 스즈 하의 오라버니에게 인정받고 싶은 맘에 울면서 검을 휘둘 렀잖아?"

"……애처로운 사건이었죠……."

"하지만 저 이대륙 소녀는 순수하게 놀라움과 감동으로 싸우고 있어. 왜일까?"

"……즉, 그 이유는 오빠가 일반인이고 이쪽 대륙에는 저 만큼 강한 인간이 흔하다는 농담을 믿고 있기 때문……?"

"그 이외엔 생각할 수 없잖아."

그렇다는 걸 알았다면 쇠뿔도 단김에 빼야지.

지금까지 유즈리하의 경험상 톱레벨의 여기사가 스즈하 오빠에게 압도당한 뒤에는 틀림없이 스즈하 오빠에게 반했다. 정말 진짜 첫눈에 반하게 됐다.

그건 어쩔 수 없었다.

약한 존재는 강한 존재를 따르기 마련이니까.

그게 동물의, 여기사의 본능이니까.

하지만 그 힘이 특별한 게 아니라고 착각하고 있는 지금이라면……!

아직 눈동자 속에 하트 마크가 떠오르지 않은 지금이라면……!

"스즈하. 지금 당장 우뉴코를 여기로 데리고 와."

우뉴코는 최근까지 흡혈귀에게 몸을 빼앗겼던, 평소에는 어린 소녀로밖에 보이지 않는 하이 엘프.

유즈리하가 아는 한 이 대륙에서 두 번째로 강했다.

첫 번째는 물론 눈앞에 있는 자칭 일반인.

"지금 바로요?"

"그래. 스즈하의 오라버니와 대결이 끝나면 지체없이 우뉴코를 투입시켜."

"왜요?"

"모르겠어?"

유즈리하가 진지한 얼굴로 단언했다.

"자칭 일반인인 스즈하의 오라버니에게 얻어맞은 후 겉

45

보기엔 어린 소녀인 우뉴코에게 얻어맞도록 해서── 스
즈하 오라버니의 실력은 정말 특별하지 않다고 착각하게
해야지. 그게 가능한 건 우뉴코밖에 없어."

"귀신이네요, 유즈리하 씨."

참고로 귀신은 동방 이대륙에 존재하는 마물이었다.

"그럼 스즈하는 새로운 라이벌을 더 늘리고 싶어?"

"지금 당장 불러올게요!"

손바닥 뒤집듯 태도가 바뀐 스즈하가 우뉴코를 데리고
왔다.

스즈하 오빠와 우뉴코, 두 사람이 이대륙에서 온 한 소
녀를 엉망으로 짓누른 결과.

가슴이 유독 큰 사무라이 걸 츠바키는 큰 착각을 하게
되었다.

7

여기사 학원 분교 공사가 빠른 속도로 진행되는 모습에
장인들이 대단하다고 감탄하기만 하던 어느 날.

나는 유즈리하 씨에게 입학시험에 대한 얘기를 듣고 고
개를 갸웃거렸다.

"입학시험이라니……그런 게 필요할까요?"

"당연히 필요하지."

이 대륙 학교는 4월, 10월에 시작하는 6개월 학기제로, 둘 중 어떤 시기에든 들어갈 수 있는 게 일반적이었다. 그래서 분교는 10월에 개교하기로 했다.

물론 공사가 제때 끝날 것 같다는 전제는 있었지만.

그래서 10월 입학생들의 입학시험을 머지않아 치르는 건…… 원래라면 맞는 방법이었다.

하지만 그건 정원 이상으로 지원자가 있을 때 이야기.

"아니, 위치가 이런 변경이고 실적 제로인 분교잖아요?"

"그곳의 영주가 그대라는 게 큰 문제야. 그리고 민망하지만 나도 다소는 이름이 알려져 있으니까. 선전 효과라는 게 있잖아."

"그럴까요……?"

난 몰라도 유즈리하 씨가 같은 학교라는 건 확실히 선전 효과가 뛰어나겠지. 즉, 입학 희망자가 우르르 몰려올 가능성도 있다는 거였다.

여기선 제삼자의 의견도 들어봐야지.

"아야노 씨는 어떻게 생각해요?"

질문을 건네자 역시 아야노 씨, 바로 자료를 꺼내 답했다.

"그러니까…… 네. 현시점에서도 이미 입학 정원의 10배 이상의 문의가 오고 있습니다. 입학시험 일정도 이미 정해 놨고요."

진짜로?

입학 희망자가 없을 거라 생각한 건 나뿐인 건가?

충격을 받은 내 모습에 아야노 씨가 왠지 납득된다는 표정을 지었다.

"……과연. 그래서 제가 『웬타스 공국과의 우호관계 과시를 위해 별도 규정으로 추천 입학 제도도 마련해야 한다』고 진언했을 때 두말없이 받아들이셨던 겁니까?"

"아야노 님…… 그건 설마 부정 입학 같은 그런 건가요?"

"당치도 않습니다. 교환 유학 같은 걸 생각하고 있습니다. 군부에서 실무적인 우호와 화합을 보여주기엔 절호의 기회니까요."

"뭐, 그건 그런가?"

"무엇보다 각하께서 입학 자격으로 국적 불문을 내세우셨으니까요."

"……아니, 난 거기까지 생각한 건 아닌데."

군사 학교에는 상식적으로 자국 국적의 인간만 입학할 수 있다.

군인을 양성한다는 목적이나 스파이가 파고들 가능성을 생각하면 당연한 일이었다.

하지만 이번에 분교에서는 국적 요건을 철폐했다. 왜냐하면.

서민들 중엔 다양한 이유로 국적을 증명할 수 없는 아이가 어느 정도는 있으니까. 국경에 인접한 변경백령이라면 더더욱.

그런 아이들도 재능이 있다면 여기사 학원에서 공부하

면 좋을 것 같았다.

그런 이유에서 비교적 독단적으로 폐지했는데…….

"지망자가 이렇게 많다니, 예상 밖이야."

"그럼 각하, 국적 요건을 부활시킬까요?"

"그건 됐어."

하지만 그러면 한 가지 걱정거리가 생긴다.

"……그 사람들은 어떤 학교라고 생각하고 올까요?"

솔직히 말해 새로 생긴 분교 레벨은 낮았다.

적어도 내 생각은 그랬다.

변경에 위치한 신설 학교고 풍부한 노하우도 존재하지
않았다.

게다가 전투 교관도 다쳐서 어쩔 수 없이 퇴직을 하게
된 부상병을 부르거나, 강의 내용도 마수를 상대로 실제로
싸우면 된다고 생각했을 정도였다.

그러니 이 지역은 몰라도 타국에서 주목받을 리가 없을
텐데……?

하지만 유즈리하 씨와 아야노 씨의 의견은 나와 전혀 달
랐다.

"그야 당연히 대륙 최고의 여기사 양성 기관이라고 생각
하겠지. 안 그래, 아야노 님?"

"틀림없이 그렇겠죠. 그 전설의 메이드 계곡조차 엄하지
않다고 생각할 정도의 궁극적인 교육 기관이라고 생각할
겁니다. 각하가 설립자니까요."

"졸업하면 분명 초일류 여기사가 될 테고."

"물론 훈련 내용은 지옥 같겠지만 졸업하면 군 상층부에서도 알아줄 초일류 엘리트 코스가 틀림없다고 여기겠죠."

"여성왕족 호위를 거쳐 근위사단장, 기사단 총장도 할 수 있지 않겠어?"

"그렇겠죠. 일반적으로는 꿈같은 이야기겠지만 각하가 키운 여기사 학원 분교 졸업생이니까."

"뭐어어어어……?!"

유즈리하 씨와 아야노 씨가 나누는 이야기에 난 창백해졌다.

큰일이야. 이건 정말 큰일이야.

아무래도 세간에선 이런 변경에 있는 분교의 기대치가 웬일인지 하늘을 찌르는 모양이었다. 원인은 유즈리하 씨겠지.

어찌됐든 이대로라면 굉장히 곤란했다.

어떡해서든 어느새 너무 높아져 버린 기대치를 적정 수준까지 낮출 필요가 있었다.

어떻게 해야 할지 머릿속을 풀가동시키다―― 문득 떠올랐다.

"유즈리하 씨, 한 가지 생각난 게 있는데요."

"뭐지?"

"입학 희망자에게 현 상태를 알릴 필요가 있다고 생각해요."

"흐음. 그래서?"

"그러니까 입학시험 전에 우린 기본적으로 이 정도 레벨이라는 걸 보여주는 게 어떨까요? 구체적으로는 스즈하에게 모의전이라도 시켜서."

"과연. ──하지만 그대도 생각보다 매정하네."

"네?"

"처음부터 레벨 차이를 보여주고 의욕을 꺾어놓으려고 하다니!"

"……그런 건가요?"

처음에 레벨이 낮다는 걸 보여주면 유즈리하 씨를 동경해 찾아온 대부분의 수험생들은 질려서 돌아가 버릴 것이다.

평판은 나빠지겠지만 입학 후에 실망하는 것보단 나으니까.

다만 그걸 『의욕을 꺾어놓는다』라고 표현하는 건 위화감이 좀 있는데……뭐, 됐어.

"그래, 알았어. 물론 나도 참가할게."

"으음…… 그러네요. 그럼 부탁드릴게요."

모처럼 이런 변경까지 와줬는데 적어도 인기인인 유즈리하 씨의 실력을 보여주고 돌려보내는 건 꽤 괜찮은 아이디어 같았다.

설마 유즈리하 씨만 보고 이 분교는 레벨이 높다고 착각하진 않겠지. 그럼 부탁할 수밖에 없다.

내가 고개를 끄덕이자 웬일인지 유즈리하 씨가 굉장히

기분 좋은 얼굴로 웃었다.

"그러니까 그대도 당연히 참가해."

유즈리하 씨는 대체 무슨 말을 하는 거지?

"아뇨, 아뇨, 전 학생도 아니고. 애초에 남자잖아요."

"그래서 이 옷을 준비했어."

유즈리하 씨가 꺼낸 건 팔랑거리는 레이스가 치렁치렁 달린 드레스.

"……그게 뭔가요?"

"예전에 내가 입던 옷이야."

"네에."

"전에 나랑 그대의 키가 크게 차이 나지 않는다는 이야기를 했었지?"

"그런 일도 있었네요."

"그러니까 내 옷을 고치면 그대가 입을 수 있겠지."

"하하핫. 그런 말도 안 되는 소릴──."

"참고로 그대의 신체 사이즈는 다양한 부분을 꼼꼼하게 측정했어."

"저기……?"

왠지 유즈리하 씨 눈이 무서웠다.

이후의 이야기를 듣고 싶지 않은 마음이 굉장히 강했지만 그럼 이야기가 진행되지 않을 테니까.

"그리고 이 드레스는 그대 몸에 딱 맞게 치수를 고친 후 사쿠라기 공작 본가에서 보낸 거야."

"……왜 그런 걸?"

내가 마지못해 묻자 유즈리하 씨가 기다렸다는 듯 대답했다.

"잘 들어. 평범하게 생각하면 여기사 학원 모의전에 그대가 참가하는 건 어려워. 왜냐하면 여기사 학원이니까."

"당연하죠."

"하지만── 이걸 입으면 그대도 모의전에 참가할 수 있어!"

"네에……?"

농담이길 바라면서 유즈리하 씨를 빤히 바라봤지만 그녀는 굉장히 멋진 얼굴로 방긋방긋 웃고 있었다.

하지만 눈 안쪽은 전혀 웃지 않았다.

"난 그저 먼저 말을 꺼낸 그대도 참가해야 한다고 생각한 것뿐이야. 이 아이디어를 떠올렸을 때 그대가 여장한 모습을 한 번은 눈에 새기고 싶다거나, 그대가 여장한 모습이 몹시 귀여울 것 같아 무심코 군침을 흘렸다거나, 계속 상상 속 그대의 여장이 머릿속에서 지워지지 않았다거나, 여장을 한 그대를 끌어안고 싶다거나, 결코 그런 건 아니니까 착각하지 말아줘."

"그런 착각 안 했거든요?!"

"자, 부디 입어줘. 사쿠라기 공작령에서도 최고의 솜씨를 자랑하는 장인이 드레스를 고쳤으니 사이즈는 딱 맞을 거야."

"유즈리하 씨, 스테이, 조금만 진정하고……."

"난 굉장히 차분한 상태야. 아, 내가 입던 낡은 옷이라
는 게 마음에 걸려? 신상이 아닌 건 미안하지만 내가 좋아
했던 드레스를 그대가 입고 나에게 안긴 듯한 감각을 느꼈
으면── 아니, 이게 아니라 그대에게도 굉장히 잘 어울릴
것 같았으니까! 자, 어서!"

"……저기……."

그렇게 미소 지은 채 거침없이 밀어붙이는 유즈리하 씨
의 모습에, 난 표정 근육이 죽은 얼굴로 그저 고개를 끄덕
일 수밖에 없었다.

*

──그리고 입학시험 당일.

어마어마하게 모인 수험생들이 지켜보는 가운데 유즈리
하 씨 드레스를 입고 여장을 한 나와 스즈하가 모의전을
치뤘다.

그러다 도중에 유즈리하 씨가 난입해서, 마지막엔 셋이
서 끝없이 싸우는 평소 훈련처럼 변해버렸다.

연계해 공격하는 스즈하와 유즈리하 씨를 상대로 내가
최선을 다해 저항하는 형식으로 모의전을 펼친 결과.

오전 중에 시작한 모의전은 어느새 저녁 시간까지 이어
졌고.

수험생이 한 명도 빠짐없이 포기했다는 사실을 알게 되었다――.

8

입학시험 다음 날, 난 집무실에서 머리를 감싸 쥐고 있었다.

"왜 이런 일이…… 으으윽……."

"각하, 왜 그러십니까?"

아야노 씨의 질문에 솔직하게 털어놓기로 했다.

"아니, 왜 한 명도 빠짐없이 관둔 걸까……."

"제가 보기엔 오히려 당연한 결과라고 생각합니다만."

"어째서?!"

"세 사람의 매혹적인 퍼포먼스는 레벨이 너무나 달랐으니까요."

"그, 그렇게나……?"

내가 쭈뼛거리며 묻자 아야노 씨가 단호하게 고개를 위아래로 흔들었다.

"전 도중에 조금밖에 못 봤지만 이미 완전 지옥이었습니다…… 『이 정도 레벨을 예상하고 있습니다』라면서 보여준 게 말도 안 될 정도로 다른 차원이었으니까. 마음이 산산조각으로 부서졌겠죠."

"그렇게까지?!"

"세 사람은 몰랐겠지만 수험생들이 한 명도 빠짐없이 빽빽 울어댔어요. 이렇게 레벨이 다를 줄 몰랐다, 난 못 할 것 같다……고. 다들 무릎을 꿇고 말았죠."

"뭐어……?"

그 정도로 레벨이 낮다고 생각한 것인가…….

하지만 유즈리하 씨나 스즈하의 말을 들어보면 실제로는 그렇지 않았던 것 같은데. 하지만 레벨이 똑같다고 해도 그것뿐이라면 변경에 있는 분교의 매력은 떨어질 테니까…….

어느 쪽이든 수업 레벨 상승은 필요하다는 것인가.

"……혹시 각하, 또 묘한 착각을 하고 계신 거 아닙니까?"

"그런 거 아니거든?"

"그렇습니까……?"

웬일인지 아야노 씨가 고개를 갸웃거렸지만 뭐, 그건 그렇다 치고.

"일단 이대로라면 입학자는 유즈리하 씨랑 스즈하밖에 없는 건가? 맞다, 츠바키도 들어오고 싶다고 했지……."

"츠바키라뇨?"

"있었잖아? 이대륙에서 온 무예 소녀."

"아아, 그때 그 사람."

츠바키 왈, 이대륙과 비교해 이곳의 전투 레벨은 상당히 높다고 했다.

그래서 스즈하나 유즈리하와 함께 여기사 학원 분교를

다니며 한층 더 레벨 업을 목표로 하고 싶다고 했었다.

츠바키는 스즈하와 같은 레벨이니까 서로 절차탁마할 수 있겠지.

게다가 이대륙의 검사라는 부분도 포인트가 높았다.

그래서 사전에 내가 츠바키는 입학시험을 면제해도 된다고 말해두었다.

……만약 보여줬다면 츠바키도 도망갔을지 모른다. 위험했다.

"각하, 그와는 별개로 웬타스 공국에서 입학시험 면제로 입학하는 여기사가 10명 있습니다. 교환유학생이죠."

"그런 말을 했었지."

"네. 그러니 소수정예주의 여기사 학원으로서 체제는 유지할 수 있을 겁니다."

"……웬타스 공국 사람들은 그대로 입학해도 괜찮아?"

분교 평판이 너무 나쁘면 나중에 외교 문제가 되지 않을까?

하지만 아야노 씨는 전혀 문제없다고 단언했다.

"괜찮습니다. 웬타스 여대공에게도 확인을 받았습니다."

"그래?"

아야노 씨가 그렇게까지 말한다면 일단은 괜찮겠지.

하지만 분교 교육 레벨이나 평판을 올리는 건 지속적으로 생각해봐야겠다.

"으——음……."

그 이후에도 난 앞으로 어떻게 해야 좋을지 생각했다.

*

그날 웬일로 점원분이 찾아와 차를 마시며 잡담을 나누었다.

점원분은 변경백령에 사는 상인으로, 처음에 왕도 액세서리 숍 점원으로 만났기에 난 지금도 점원분이라 불렀다.

보기에는 온화한 초로의 신사였지만 트윈테일 마니아라는 게 옥에 티였다.

"변경백님, 영민 모두의 트윈테일화 계획은 순조로우십니까?"

"그런 계획을 세운 기억은 없습니다만⋯⋯?"

⋯⋯아니, 정말 트윈테일 말고는 좋은 상인이거든요?

점원분은 젊을 때 대륙을 행상한 덕분에 다양한 나라의 지리나 역사를 자세히 알고 있었다.

장사를 통해 각국의 정치나 정세 흐름을 보는 눈도 확실했고.

유명한 무기 산지에서 값을 깎는 좋은 비법, 가짜 미술품을 분별하는 방법까지 다양한 사실을 알고 있었고, 이런 잡담을 나눌 때 조금씩 알려주곤 했다.

이런 사람이 수업을 맡아주면 즐거울 텐데⋯⋯그렇게 생각하다 느낌이 왔다.

"점원분께 한 가지 부탁이 있습니다만."

"이런 노인이 할 수 있는 일이라면."

"새로 생긴 여기사 학원 분교에서 점원분이 강사를 맡아주셨으면 좋겠는데요. 어떠신가요?"

"……분교 강사, 말입니까……?"

점원은 예상 밖의 요청에 당황한 것 같았다.

하지만 나로서는 생각하면 할수록 괜찮은 아이디어 같았다.

"학생들 모두에게 점원분의 지식을 꼭 나눠줬으면 좋겠는데."

"하지만 전 전투에 대해선 아무것도 모릅니다만……?"

"그건 따로 수업을 할 겁니다. 여기사가 되려면 전투력도 중요하지만 그 이외의 일도 많이 배워야 하니까요. 게다가 많은 나라의 사정이나 지식을 본인 나름대로 체득한 사람은 귀중한 존재죠. 그런 생생한 지식을 이야기해준다면 분명 모든 학생들의 장래에 도움이 될 겁니다."

"……그걸 위해, 젊을 때부터 행상했던 저를……?"

"점원분밖에 생각할 수가 없네요."

참고로 원래 그런 강의는 생각하고 있지 않았기에 강사를 이중으로 계약할 걱정은 없었다.

"물론 억지로 부탁할 순 없겠지만요."

내 말에 점원분이 잠시 눈을 감았다가 말했다.

"──받아들이도록 하겠습니다."

"정말입니까?"

"변경백 정도의 사내 중의 사내에게 부탁받았으니 거절할 순 없죠. 만약 그저 그런 누군가의 부탁이었다면 쌀쌀맞게 거절했겠지만……."

"감사합니다!"

"대신 학교 여학생들 헤어스타일 관련으로 한 가지 의논드릴 일이."

"역시 됐습니다."

"호호호. 농담입니다."

점원분이 말하면 농담으로 안 들리니 그런 소린 안 했으면 좋겠다.

"……하지만 변경백님. 왕립인 최강 여기사 학원 강사로 저 같은 일개 상인을 초청해도 괜찮으시겠습니까?"

"그건 걱정 마세요. 저희가 전액 지원하기로 했으니까요."

그래서 정식 명칭에도 왕립은 붙지 않았다.

그러니 어떤 강사를 고용하고 어떤 강의를 하든 최종적으로는 전부 내 책임.

토코 씨에게 금전적 부담도 지우지 않고, 국적불명의 서민들도 입학할 수 있는데다 군의 옛 주류파가 끼어들 여지도 없었다. 게다가 점원분처럼 직함이 없어도 우수한 인재를 활용할 수 있다면 만만세.

내가 생각해도 나이스 한 판단이었다고 자화자찬했다.

점원분이 호호호호 웃었다.

"변경백님이 운영하는 학교엔 재미있는 강의가 많을 것 같군요."

"──그겁니다."

"네?"

"정말 좋은 아이디어예요. 역시 대단하시군요!"

군인도 학자도 높은 사람도 아닌 평범한 상인이 가르치는 실천형 일반교양강좌는 어떤 여기사 학원에서도 볼 수 없는 것처럼.

전투나 마법 분야에서도 색다른 민간인을 강사로 채용하면 그건 그것대로 괜찮을 것 같다는 생각이 번뜩였다.

그야 군인답거나 귀족스럽진 않지만, 그런 게 필요하다면 왕도 여기사 학원에 가면 된다.

차별화 전략으로 군인답지 않은 모습을 내세우는 군사학교가 이 세상에 하나 정도는 있어도 괜찮지 않을까?

물론 각자 분야에서 유능한 건 당연해야 할테고──.

그래서 생각한 끝에 점원분 말고 다른 사람들에게도 부탁하러 다녔고.

전투교관은 우뉴코.

마술과 약학은 엘프 장로님.

재봉과 요리 관련 수업은 메이드인 카나데가 맡게 되었다.

참고로 이야기가 전부 정리된 이후 리스트를 아야노 씨

에게 제출했을 때, 웬일인지 그가 요란하게 현기증을 일으켰기에 서둘러 간호했다.

9 (유즈리하 시점)

계획에서부터 불과 한 달 만에 개교까지 이르게 된 변경백령의 여기사 학원 분교.

그 개교식 겸 입학식에 초대된 토코는 꽤나 기분이 좋지 않았다.

유즈리하는 그 원인이 너무 명백해 쓴웃음밖에 나오지 않았다.

"자. 기분 풀어, 토코."

귀빈석에 나란히 앉은 토코에게 작은 목소리로 속삭이자 항의하듯 입술을 삐쭉거렸다.

참고로 오늘 유즈리하는 분교 신입생이기도 했지만, 그와 동시에 사쿠라기 공작가 공작 대리로서 식에 참가했다.

지금 단상에 내빈으로서 여왕인 토코 옆에 앉아 있는 이유다.

"으음……."

"꾀 많은 사람이 본인 꾀에 넘어간다는 건 이런 걸 말하는 거겠지."

토코의 계획은 왕도 여기사 학원에 다니는 우수한 학생을 빼내 변경백령 분교로 편입시키는 것이었다.

그런데 어딜.

분교로 보냈던 정예 학생들은 자신감을 완벽하게 상실하고 모두 입학을 포기해버렸다.

"……뭐, 다른 나라에서 온 수험생들도 모두 포기했으니까 그나마 다행이지만…… 참나, 구 주류파의 눈을 피해 이쪽으로 권유하느라 엄청 힘들었는데…… 스즈하 오빠도 정말……."

토코의 원망 섞인 불평에 유즈리하가 쓴웃음을 지으며 말했다.

"스즈하의 오라버니와 친해져 힘의 노하우를 훔칠 수 있는 기회라며 모든 나라에서 젊은 정예 여기사를 보냈으니까. 그것도 견습이라 가장해서……뭐, 그게 결과적으로는 도리어 해가 됐지만."

"스즈하 오빠의 무시무시함은 본인의 레벨이 높아지면 질수록 통감하게 되니까."

"그래, 그러니까 토코가 적당히 고른 후보생들은 재능이 있었다는 뜻이지."

그렇게 생각하면 교환유학생이라 칭하며 유일하게 시험을 치르지 않고 여기사를 보낸 웬타스 공국은 실로 대단한 수완이라 말할 수 있었다.

마치 입학시험에서 참극이 일어날 거라는 걸 예측이라도 한 듯이.

웬타스 공국의 아야노 대공은 정말 우수하다고 유즈리

하가 재차 인식했다.

"뭐, 난 학생 수는 적은 게 낫다고 생각했으니까."

"그건 스즈하 오빠가 너랑 있을 시간이 줄어들까 봐 그런 거잖아."

"부정은 안 할게."

"부정 좀 해라……."

토코가 한심한 표정으로 유즈리하를 노려보고 있을 때 단상에선 이 지역 상인회장이 축사를 하고 있었다.

이런 의식에선 높은 순서대로 축사를 하기 때문에 여왕인 토코와 공작 대리인 유즈리하는 이미 스피치를 끝낸 후였다.

토코의 스피치는 굉장히 기억에 남을 만했다. 적어도 유즈리하에게는.

장황한 스피치를 싫어하는 토코가 웬일로 긴 연설을 늘어놓은 데다 그 안에 『여왕으로서 변경백과 연계체제를 밀접하게 구축해 지속적인 지지와 협력을』이라는 대사를 6번이나 반복했는데, 토코의 유치한 마음속이 빤히 들여다보였다.

"……그런데 유즈리하, 입학시험 때 대체 무슨 일이 있던 거야?"

"못 들었어?"

"듣긴 했는데 자세한 건 몰라……."

"나에게 물려받은 드레스를 입고 여장한 스즈하의 오라

버니가 엄청 귀여웠어."

"그런 재미있는 일이 있을 땐 나도 불러야지!!"

"아니, 설마 정말 스즈하의 오라버니가 드레스를 입을 줄은 몰랐어. 실로 럭키였지."

"크윽……!"

이를 갈며 분노를 표출하는 토코의 모습에.

스즈하 오빠가 여장한 모습이 얼마나 늠름하고, 모성애를 자극하는 마치 진짜 여동생 같았는지 몇 시간이고 계속 이야기하겠다고 기도하는 유즈리하였다.

*

나름대로 길었던 개교식 겸 입학식도 끝이 가까워지고.

강사만 소개하면 끝인 상황에서 토코가 물었다.

"그리고 보니 분교 강사는 어떻게 모았어?"

"무슨 소리야?"

"기사학교 강사는 보통 현역 기사들 중에서 뽑잖아? 하지만 변경백령에 현역 기사는 거의 없으니까 어떻게 했는지 궁금해서."

"처음에는 부상이나 나이 때문에 은퇴하고 돌아온 전직 기사들에게 부탁하려고 한 것 같은데 결국은 연줄을 이용해 전문가들에게 부탁했대."

"전문가들?"

"나도 자세한 건 몰라. 하지만 스즈하 오라버니의 연줄로 부탁했다니까 나쁜 건 아니겠지."

"흐음? 아, 나왔다──?!"

토코가 입을 떡 벌린 채 굳었다. 그것도 당연했다.

유즈리하도 만약 뭔가 마시고 있었다면 분수처럼 뿜었겠지.

거기 모인 멤버들은──!

"뭐, 뭐뭐뭐, 뭐야, 저건?! 유즈리하, 어떻게 된 거야?!"

외형부터 이상했다. 하지만 내용물은 최고로 이상했다.

우선 왜 단상에 전설의 종족 엘프가 둘이나 있지?

게다가 그중 어린 소녀는 최근까지 세계의 재앙을 초래했던 최강 하이 엘프종이었는데, 그런 존재가 어째서 여기 사 학원 분교 강사를 맡게 된 걸까.

재봉과 가사 전반을 가르친다는 메이드 카나데의 일거수일투족이, 터무니없이 최고의 실력을 지닌 암살자 같은 분위기를 풍기는 것도 신경 쓰였다.

그중에서 명백한 일반인은, 상업과 사회 정세를 가르친다는 노신사뿐이잖──.

"뭐, 뭐뭐, 뭐뭐뭐뭐뭐야──?!"

"토코, 왜 그래……?"

"저, 저저저, 저 사람은──!"

토코가 입을 뻐끔거리며 가리키는 상인이 설마 실권자이자 킹메이커라 불리는, 이 나라 상업을 뒤에서 지배하는 거물이라는 건 전혀 모르는 유즈리하.

　그래도 유즈리하는 토코의 손끝이 그중에서 유일하게 정상으로 보였던 그 상인에게 향했다는 걸 세 번 보고 확인하며.

　——뭐, 스즈하의 오라버니 지인 중에 정상인 인간은 없으니까——.

　그렇게, 누가 들어도 『네가 할 말은 아니지!』라고 할 만한 감상을 늘어놓았다.

2장 서민학

변경백령에 여기사 학원 분교가 개교하고 일주일이 흘렀다.

현재 학생 수는 13명.

스즈하, 유즈리하 씨 두 사람에, 본인을 더 단련시키고 싶다며 입학을 희망한 이대륙에서 온 소녀 츠바키.

그리고 웬타스 공국에서 교환 유학생으로 찾아온 10명까지.

현재 첫 출발은 그럭저럭 순조로웠다.

걱정했던 학생 수도 소수정예 느낌이라 나쁘지 않은 것 같았다. 오히려 전화위복이 됐다고…….

최대한 긍정적으로 생각하고 싶었다.

*

난 현재 학교 잡일을 하며 모두를 지켜보고 있었다.

물론 언젠가는 사람을 고용할 생각이기에 잠시 동안만.

일단 변경백인 내가, 아무리 아야노 씨가 유능해서 한가하다 해도 그런 일을 하고 있는 데에는 이유가 있었다.

츠바키 때문이었다.

역시 다른 대륙에서 왔으니 힘들겠지……라면서 지켜보는 중 상태가 안 좋다는 걸 깨달았다.

그래서 이야기하기 쉽게 가벼운 느낌으로 물어보았다.

"츠바키, 요즘 기운이 좀 없어 보이던데. 무슨 고민이라도 있어?"

"아아, 그대였나……? 아니, 그냥 좀."

"왜 그래? 이야기 들어줄까?"

"……이대륙 사람에게 이야기해봐야 모를 텐데…… 아니, 하지만 그대라면 신뢰할 수 있으니 어쩌면…….."

중얼거리며 혼자 생각하던 츠바키였지만 마지막엔 이야기를 털어놓을 마음이 든 것 같았다. 그래서 이야기를 들었다.

"……고민하고 있는 건 소생의 카타나(刀) 때문이다."

"카타나?"

카타나라는 건 이대륙에서 자주 사용되는 검의 일종이었다.

힘으로 베는 이곳의 검과는 달리 적을 예리하게 베어 찢는 게 특징.

그래서 날카롭긴 하지만 비교적 부러지기 쉽고, 끈적끈적한 피 때문에 예리함이 무뎌지기도 쉬웠다.

"한번 보겠어?"

"츠바키만 괜찮다면."

츠바키가 허리에 차고 있던 카타나를 꺼내 나에게 보여

하지만 그건 곤란했다. 뭔가 좋은 방법이 없을까.

일반적으로는 교회 같은 곳에서 저주를 풀 텐데.

"혹시 저주를 풀 수 없는 복잡한 사정이라도 있어? 저주를 풀면 칼이 엄청 무뎌진다거나."

"그런 건 없어. 저주를 풀면 오히려 더 날카로워지겠지."

"더 날카로워진다고?!"

"아마. 소생의 직감이 그렇게 속삭이고 있어."

뭐, 츠바키의 직감이 옳은지 어떤지는 둘째 치고.

그럼 저주를 푸는 게 제일 좋은 방법 아닌가?

"혹시 교회에 갖고 가봤어?"

"당연히 해봤지. 하지만 저주를 풀지도 못하고 손을 뗐어."

"그렇구나."

"이 녀석은 평범한 저주와는 성질이 다르다던데. 자세한 건 잊어버렸지만 굉장히 날카로운 칼날이 피를 빨아들여 자기 재생에 이용한다고 했어."

"……흐음……."

재생, 즉 치료를 말하는 것인가.

그런 방향이라면 어쩌면 기회가 있을지도 모른다…….

"저기, 츠바키. 혹시 그 칼을 나에게 팔지 않겠어? 나에게 판 뒤에도 츠바키가 계속 갖고 다녀도 되니까."

"그런 편리한 일이 있어도 되는 건가?!"

"어쩌면 폭발할지도 모르지만."

"그런 심각한 일이 있어도 되는 건가?!"

"난 어느 쪽이든 상관없어. 망가뜨릴 생각은 없지만 망가질 가능성이 있는 건 사실이고. 좀 시험해보고 싶은 게 있긴 하지만."

"……으으음……."

미스릴 광산에서 얻은 이익 덕분에 나름대로 괜찮은 금액을 제시하자 츠바키는 잠시 고민하다 요도의 소유권을 나에게 넘겼다.

꽤 과한 지출이었지만 이걸로 거리낌 없이 실험할 수 있겠지.

"그럼 신중하게—— 으윽."

칼을 빼 들자 충동적으로 사람을 베어버리고 싶어졌다. 츠바키가 말한 대로였다.

살육 충동을 꾹 참으며 마력을 흘려보냈다.

그러자 괴상하게 발광하던 칼날이 새하얀 빛에 덮였다.

"이……이건 뭐야?!"

"치유 마법이야."

난 치료술사는 아니지만 독자적인 치유 마법을 쓸 수 있다.

독창적이고 제어도 제대로 못 하는 아마추어라 지극히 한정적으로만 사용했지만.

이번 일은 지극히 한정적인 상황에 딱 들어맞을 거라 짐작했다.

상대는 요도다.

그럼 인간을 상대하듯 마력을 컨트롤할 필요는 없겠지.

게다가 원래 저주받은 무기라 실패한다 해도 최악의 경우 칼이 폭발할 뿐이니까 뭐, 체념이 됐다.

그런 이유로 마력을 마구 주입해본 결과──.

"으으으응?! 해냈다!"

"……이, 이 남자……?! 진짜 해냈잖아……!!"

내가 주입한 마력이 요도의 마력을 변질시켜 저주를 무력화시켰고.

애초에 노렸던 대로 무라마사 블레이드의 저주를 풀 수 있었다.

2

다음 날 방과 후.

여기사 학원 분교 교실에서 우리가 지켜보는 가운데 츠바키가 무라마사 블레이드를 빼들자 스즈하와 유즈리하 씨에게서 '오오'라는 함성이 터져 나왔다.

"이게 오빠의 마력을 띤 요도……!"

"으음……! 빛과 어둠이 둘 다 갖추어져 최강으로 보여……!"

두 사람 다 흥분해 달려들었다. 역시 요도는 멋있어.

"나도 좀 휘둘러보고 싶은데 괜찮을까……?!"

"나도 부탁드릴게요!"

"어, 어쩔 수 없는 녀석들이군…… 여기."

아주 싫지도 않은 모습의 츠바키가 검을 내밀자 두 사람이 눈을 반짝반짝 빛내며 칼을 휘둘러보고 멋있는 포즈도 취했다.

익숙하지 않은 무기일 텐데 두 사람 다 그럴듯했다.

무기가 멋있어서 그런 걸까.

물론 검을 빌려준 츠바키도 우쭐해졌다.

"흐흐흥. 소생도 고생해서 이대륙까지 온 보람이 있었군."

"뭐, 소유권은 나에게 있지만."

"그런 거였나?!"

처음 들은 것 같은 얼굴을 하고 있지만 분명 어제 그 이야기를 했거든?

물론 진심으로 빼앗을 생각은 없었지만 당황하는 츠바키가 좀 재미있었다.

"돈을 갚으면 팔지 않았던 걸로 해줄게."

"……그게…… 빚을 갚느라 전부 써버렸다…… 리볼빙은 무섭거든……."

츠바키가 웬일인지 덜덜 떨고 있었다.

참고로 리볼빙이라는 건 추적 마법을 응용한 사금융 시스템이라고 했다. 자세한 건 나도 잘 모르겠다.

옆에서 스즈하가 이해된다는 표정으로 말했다.

"과연. 즉 츠바키 씨는 칼의 저주를 푸는 방법을 찾기 위

해 이대륙에서 찾아온 거군요."

"아니야."

"아닌가요?!"

"소생이 이쪽 대륙으로 건너온 이유는 소생보다 강한 녀석을 만나기 위해서였다……하지만 실제로 와보니 소생보다 강한 녀석이 무더기로 있어 엄청 충격받았다…… 소생은 전설을 확인하러 왔는데 이미 그럴 상황이 아니었지……."

흔히 있는 이야기였다.

지방에서는 최고였지만 도시로 나가면 그냥 평범해지는 이야기.

도시에는 각자 지방에서 최고였던 녀석들이 모이니까. 그중에서 가장 최고가 되는 건 극히 소수밖에 없었다.

"동쪽 이대륙은 의외로 작은가 보네."

"그런 건 아닌 것 같은데……?"

츠바키가 고개를 갸웃거리는데 그 옆에서 스즈하가 물었다.

"츠바키 씨는 원래 이 대륙의 소문을 확인하러 왔나요?"

"그래. 왕대인 전설."

"──왕대인 전설?"

대인이라는 게 아마조네스가 사용하는 말인 건 알지만, 어쨌든 이곳에선 처음 듣는 소문이었다.

"그건 어떤 이야기야?"

"그야 역사의 무대에 갑자기 나타나 대륙의 위기를 구하고."

"흐음."

"악의 앞잡이들에게 붙잡힌 왕녀를 구한 후."

"흐음, 흐음……?"

"일국의 주인이 된 뒤에는 오리할콘을 발굴했다는──."

"…….""

그 이후 자세한 이야기를 들어보고 확신했다.

내 이야기가 조잡하게 미화돼서 이대륙까지 퍼진 것 같습니다만──?!

"──그때, 왕대인은 낭랑하고 시원시원하게 말했다. 내 여자를 건드리는 녀석은 설령 신이라 해도 용서하지 않겠다──!"

게다가 절묘하게 이상한 캐릭터 설정까지 더해져 있었다.

즐겁게 이야기하는 츠바키를 썩은 동태 눈깔로 바라보자 유즈리하 씨가 내 어깨를 톡톡 두드리며 한마디.

"나에게 좋은 생각이 있어."

역시 공작 영애, 분명 나이스한 해결책을 마련해줄 거라 기대하고 있는데 유즈리하 씨가 나와 스즈하에게 조용히 귓속말을 건넸다.

"……저건 전부 정정하지 말고 그대로 내버려 둬."

"네에에?!"

설마 하던 방치 플레이.

스즈하도 그건 좀 그랬는지 유즈리하 씨에게 다시 속삭였다.

"역시 그건……."

"하지만 생각해봐. 여기서 친절하고 정중하게 오해를 풀어준다고 하자, 그럼 그 이후엔 어떻게 될 것 같아?"

"그건……?"

"츠바키는 왕대인, 즉 스즈하 오라버니와 싸우러 왔어. 하지만 실제로는 이미 싸웠고 게다가 무참하게 당했지."

"날 왕대인이라 부르지 말아주실래요……?"

"이야기 흐름상 어쩔 수 없잖아."

유즈리하 씨가 고개를 들고 츠바키에게 물었다.

"만약 그 왕대인을 만나면 어떻게 할 거야?"

"그야 당연히 싸워서 이겨야지."

"하지만 왕대인은 강해, 지면 어쩌려고?"

"이길 때까지 싸울 거다. 그게 무사의 삶이니까."

"……."

과연.

여기서 진실을 이야기하면 터무니없이 성가신 일이 벌어질 것 같았다.

──그런 이유로 셋이서 눈짓으로 의사소통을 한 결과.

내가 그 기묘한 소문의 당사자라는 건 츠바키에겐 일단

말하지 않기로.

그렇게 결정되었다.

3 (츠바키 시점)

늦은 밤 어둠에 숨어들 듯 츠바키가 도심 변두리를 혼자 걷고 있었다.

이미 문을 닫은 것처럼 보이는 술집 문을 두드리고 암호를 묻는 말에 한 마디.

"들장미."

"들어와."

아주 살짝 열린 문 사이로 미끄러지듯 들어가 둘러보았다.

그곳에 있는 건 넓적한 얼굴의 남자.

그건 틀림없이 동쪽 대륙에 사는 인간의 특징. 즉.

언뜻 보기엔 낡은 이 술집은 동쪽 대륙 간첩이 사용하는 은신처였다.

"어때, 츠바키, 왕대인은 찾았어?"

"아직이다. 그보다 소생은 지금 그럴 상황이 아니야."

살짝 흐트러진 치마를 정돈하고 가슴을 꽉 조이고 있던 무명천을 풀어 편해진 츠바키는 간첩 두목에게 대답했다.

──왕대인 전설.

그건 큰 바다를 넘어 아득히 먼 대륙에서 전해진 새로운 신화.

그 이대륙에서 『대인』이라 불린 자의 전설.

그 인물의 이름은 분명하지 않고 들은 대부분의 사람들이 공포라 단정하는 이야기. 어쨌든 활약이 너무나도 황당무계했다.

영웅담 왈, 절대로 실패하지 않는 암살자에게서 공작영애를 구한다.

영웅담 왈, 마물의 대폭주를 막고 대륙을 구한다.

영웅담 왈, 사로잡힌 공주를 구한다.

그 외에도 여러 가지로 이상한 전설은 있었지만 그 중『미스릴 대광산』과 동쪽 대륙에서도 오랫동안 환상의 광물이었던 『오리할콘』의 이름까지 나온 이상 미심쩍다 해도 조사는 해야 했다.

그리고 여러 가지로 알아보니 자세한 건 모르겠지만 아무래도 전부 근거 없는 헛소문도 아닌 듯했다.

그렇다면 이대륙에 조사담당자를 보내 직접 조사를 할 가치가 크다.

그런 결론에 이르렀다.

조사담당자로 특별히 뽑힌 건, 동쪽 대륙에서 모두가 최강의 무인이라 인정하는 존재로, 대륙 통일 국가 수립의 원동력이 된 글래머 검호 미소녀 츠바키.

츠바키가 임명된 이유는 단순명쾌했다.

전쟁이 종결된 이상 대륙 통일의 영웅은 천제(天帝) 단한 명이면 충분했으니까.

너무 압도적인 전투력과 명성 때문에 따돌림당한 츠바키는 표면적으로는 왕대인을 조사하기 위해, 실제로는 성가신 존재라 쫓아내는 형태로 이대륙으로 보내진 것이었다.

　하지만 츠바키 본인에게 이의가 있었던 건 아니었다.

　(대륙에는 이미 소생의 상대가 될 무사는 없어…….)

　강인함의 극한을 목표로 삼은 무예가로서 일상적으로 보다 강한 적을 찾아 나서던 츠바키는 어느 날 본인이 꼭대기, 그것도 정점에 위치한다는 사실을 깨닫고 깜짝 놀랐다.

　그래서.

　이대륙으로 가란 말을 들었을 때 본인도 놀랄 정도로 미련이 없었다.

　왕대인이라는 녀석이 만약 진짜라면 본인과 대등하게 싸울 수 있는 상대일지도 모른다…… 츠바키는 그렇게 생각했다.

　실제로는 그럴 여유 자체가 없었지만.

　"이 대륙 인간들은 강해."

　"뭐? 무슨 의미야, 츠바키?"

　"정확하겐 극히 일부지만 터무니없이 강한 녀석이 있었다. 무인도 아니었는데."

　눈앞에서 멍청한 얼굴을 보여주는 이 간첩은 동쪽 대륙에서 극히 일반적인 신체능력의 남자.

　겉으로 보기엔 바텐더인 간첩은 나름대로 단련되어 있었지만 일반인 범주에 포함됐다. 츠바키가 아주 살짝 마음

만 먹으면 3초 안에 원래 인간이었다는 걸 알 수 없을 정
도의 고깃덩이로 변하겠지. 뭣하면 칼을 쓰지 않는 건 물
론, 손발조차 사용하지 않고 혀끝으로만 간첩을 처리할 수
있었다. 그 정도로 츠바키의 힘은 동떨어져 있었다.

그리고 그건 츠바키에겐 당연한 일.

——하지만 그 남자는 전혀 달랐다.

"소생이 전력을 다해 덤벼도 이길 수 없는 남자가 있다."

"……설마 왕대인 본인 아니야?"

"처음엔 집무실에서 잡일을 하고 있었다. 그래서 관료인
줄 알았지."

"관료?"

"게다가 좌천된 모양인지 요즘은 여기사 학원 분교에서
자주 풀을 뽑고 다닌다."

"그럼 아닌가?"

츠바키도 당연하다는 듯 고개를 끄덕였다.

그게 진짜 왕대인이라면 좌천된 곳에서 풀을 뽑고 있을
리가 없잖아.

"게다가 소생보다 강한 소녀도 있었다."

"뭐어어?!"

"사실이다. 아직 5살, 그 정도인 것 같은데."

"……혹시 츠바키, 저주 같은 걸로 엄청 약해진 거 아니
야……?"

"그건 소생도 의심했었지."

"그래서, 어땠어?"

"그걸 알아보기 위해 얼마 전, 가슴에 두른 무명천을 풀고 치안이 가장 나쁜 구역을 천천히 걸었다. 하지만 아무 일도 없었어."

"아니, 그런 조사 방법은 별로인 것 같은데……."

아무리 변경백령의 치안이 좋다고 해도 츠바키만큼 무시무시한 글래머 미소녀가 그런 장소에서 가슴을 드러내 놓고 활보하면 양아치나 납치범이 우르르 몰려들 테니까.

그런데도 아무 일 없었다는 건 즉, 그저 그렇다는 뜻.

"……뭐, 그건 그렇고 왕대인 전설 조사에 뭔가 성과는 있었어?"

"전혀 없다."

전설이 과연 어디까지 진짜인지 그걸 확인하는 것도 목적의 하나.

그렇게 되어 있었다.

하지만 츠바키는 사실 그런 점은 전혀 신경 쓰지 않았다.

왕대인의 힘을 확인하고 쓰러뜨리는 것.

그건 본인밖에 못 하는 일이었다.

그래서 그 이외의 조사는 간첩의 세력 범위라고 결론지 었다.

하지만…….

"뭐, 나도 전혀 없었어. 으하하하."

츠바키가 보기에 눈앞에 남자에겐 기본적으로 간첩의

센스가 없었다.

　──그것도 그럴 것이 이 간첩은 애초에 간첩이 되는 전문 훈련을 받지 않았다. 즉 아마추어가 흉내만 내는 것이었다.

　그럼 왜 이렇게 떨어진 이대륙에서 간첩 흉내를 내고 있는가.

　이 간첩이 동쪽 천제에게 추방된 그의 친동생이기 때문이었다.

　그 사실을 들었을 땐 츠바키도 놀랐다.

　"뭐, 그건 그렇다 치고 앞으로의 일에 대해 이야기를 좀 해야겠지."

　"소생은 여기사 학원 분교에서 다시 단련 중이다. ……적어도 이 땅에서 그 남자나 소녀에겐 이기게 되고 싶어."

　"뭐, 그야 그렇겠지."

　"그러니까 그쪽은 계속해서 정보를 수집해다오."

　"그래, 그래. 나도 가끔은 일을 해야지──."

　그렇게 말하며 지긋지긋하다는 표정을 짓는 간첩이었다.

　──작년 가을, 왕도에서 크게 유행한 왕녀 구출담은 대륙 전체의 음유시인이 합세해 다양한 변주가 만들어졌다.

　전쟁이나 쿠데타로 피폐해진 민중들이 바란 건 내용은 다소 황당무계해도 분명하고 상쾌하고 후련한 통쾌 활극이었다.

그렇게 자극에 익숙해진 민중은 보다 격한 자극을 더 원하게 됐다.

그런 영웅담의 과격노선을 결정지은 것이 미스릴과 오리할콘과 전쟁의 대승리.

어떤 음유시인의 상상이든 뛰어넘는 일들이, 실제로 일어난 것이다.

그 이후 영웅담은 날이 갈수록 점점 더 과격해졌고 그렇게 어느덧 몇 개월.

최신 유행 영웅담 『신 삼대(三大) 대인 영웅전설 이문(異聞)~그리고 전설로~』에 의하면 왕대인은 추방된 망국 백작영애의 남장 차림으로 신선이 되어 하늘을 날게 되고 왕국의 미스릴을 전부 오리할콘으로 만들어 고향의 달로 돌아간다는…… 그러한 전대미문의 내용이 요즘 젊은이들에게 잘 먹히는, 이미 혼돈이라고밖에 표현할 수 없는 상황이었다.

민중들도 매일 그런 이야기를 들은 탓에 영웅담의 어디까지가 진짜고 어디까지가 거짓말인지 제대로 판단할 수 없는 상태.

애초에 서민들은 귀족처럼 자세한 정보를 파악하기 힘들기에, 이야기의 이 부분은 거짓말이다, 아니 그건 사실이라 들었다고, 라며 영웅담을 들은 상대에 따라 말이 전혀 달라지는 상황이라고도 할 수 있었다.

……훨씬 전부터 진지하게 정보를 수집했다면 좋았을까 생각하면서.

피로에 찌든 뒷모습을 보여주는 간첩에게 역시 동정을 금할 길이 없는 츠바키였다.

4

그날도 여기사 학원 분교에서 잡초를 뽑고 있는데 우연히 지나가던 점원분이 말을 걸었다.

"……변경백님이 왜 이러한 잡일을……?"

"뭐, 한가하니까 분교 상황도 지켜볼 겸 하는 겁니다."

그 이후 점원분에게 대륙의 트윈테일 사정을 들은 후.

"수업은 어떠신가요?"

"호호호. 다들 진지한 학생들이라 가르칠 보람이 있습니다…… 가끔 식인 호랑이와 마주치는 건 심장에 안 좋지만……!"

최근 알게 됐는데 점원분은 메이드인 카나데를 썩 좋아하지 않았다.

너무 싫어하는 모습이 마치 카나데 때문에 목숨을 건 절체절명의 위기라도 겪은 것 같았다.

뭐, 카나데는 암살자가 아니라 메이드니까 그런 일이 있을 리도 없지만.

그건 그렇고.

그런 이야기를 나누다 갑자기 점원분이 이런 제안을 했다.

"저의 수업도 좋지만 변경백은 수업을 안 하십니까?"

"네?"

"이 분교는 변경백령에 있는 게 가장 큰 특징. 그렇다면 변경백 본인이 수업을 하는 게 가장 큰 이점이 될 것 같습니다만."

"아뇨, 아뇨, 제가 가르칠 만한 건 아무것도 없으니까."

"이건 상인으로서의 감입니다만…… 변경백이 본인을 전면에 세운 수업을 한다면 분교는 좀 더 매력적으로 변할 겁니다."

"으──음……?"

그런 일은 없을 것 같은데.

하지만 점원분의 오랜 경험에서 오는 조언은 좀처럼 부정할 수 있는 게 아니었다. 그렇다면 내가 모르는 부분이 있는 것일까.

"그럴까요?"

"변경백도 이렇게 말씀하셨잖습니까, 『여기사에게 불필요한 지식 따위 존재하지 않는다』고. 여기사의 임무는 전투 말고도 잠입 조사나 암호 해독, 요인 경호 등 여러 갈래에 걸쳐 있다── 그러니까 저에게 뭐든 가르쳐줬으면 좋겠다고."

"그렇게 말씀드렸죠."

그건 개교 첫날, 어떤 내용을 수업하면 좋을지 물었을 때.

난 점원분께 여기사에게 불필요한 지식은 없으니까 중요하다고 생각하는 건 뭐든 가르쳐줬으면 좋겠다고 부탁했었다.

"그렇다면 변경백이 가르치시는 지식도 쓸데없다고 할 순 없겠죠."

"——과연. 이거 참, 한 방 먹었네요."

확실히 지인에게는 강사를 부탁해놓고 내가 잡초만 뽑는 것도 별로 폼이 나지 않는다.

좀 생각해보기로 했다.

*

나도 강의를 하는 게 어떻냐는 이야기가 나온 후 갈팡질팡하는 사이에 준비가 끝났다.

아야노 씨 왈, '처음부터 그걸 예상했다'라나. 전혀 몰랐다. 그리고 여기사 학원 분교 사무업무까지 맡겨서 미안했다.

생각 끝에 나의 강의 내용은 『서민학』으로 결정했다.

즉 서민이라면 알아야 할 지식 전반이었다.

솔직히 내가 자신감을 갖고 가르칠 수 있는 건 이 정도밖에 없으니까.

여동생인 스즈하에게 전투를 처음부터 가르치는 것과는 차원이 달랐다.

게다가 여기사는 웬타스 공국까지 포함해 거의 전원이 귀족 출신이지만, 여기사가 되면 정보 수집을 위해 술집에 가거나 귀족 영애를 호위해야 한다. 함께 서서 메밀국수를 먹거나 거기서 영애가 계란을 쭉 들이켜야 할지 아니면 터트려서 국물에 녹여야 할지 물었을 때 적절한 대답을 해야 하니까.

　그렇다면 서민학은 여기사에게 필요한 이수 과목이라고 당당하게 단언할 수 있었다.

　참고로 나의 신분은 만약을 위해 성에서 파견된 사무 관리라고 지칭했다.

　서민학을 가르치는 강사가 변경백이라면 너무 설득력이 떨어지니까.

　츠바키 이외의 모두가 알고 있었지만 그건 기분 문제였다.

　나의 실상은 잡무 담당 같은 존재였으니.

　강의 첫날.

　가장 앞자리에 스즈하와 유즈리하 씨, 츠바키, 뒷자리엔 웬타스 공국 교환유학생들. 다들 열심히 들어줘서 기뻤다.

　첫 강의라 난 의욕적으로 강의했다.

　서민에게 인기 있는 맛집 찾는 법.

　서민용 메밀국수집과 귀족 마을 메밀국수집의 차이.

　서민과 돈가스 덮밥.

서민과 녹차밥 드시겠습니까?

그리고 강의 마지막에 서민의 전투 방법에 대해 이야기 하게 되었다.

"──서민의 전투방식은 귀족의 전투방식과 근본적으로 다릅니다. 그 이유는 목적의 차이 때문이죠."

난 일동을 둘러보며,

"귀족의 싸움은 기본적으로 전투에서 승리하는 게 목적 이며 대인전이 메인이 됩니다. 하지만 서민이 전투 방식을 습득할 때 그 목적은 기본적으로 식료품 조달이나 해를 끼 치는 짐승 구제를 위해서이기 때문에 싸우는 상대 또한 필 연적으로 짐승이 됩니다. 여기까지 질문은?"

"오빠, 여기사의 임무 중에도 해를 끼치는 짐승 토벌이 있어요."

"응, 스즈하의 말이 맞아. 그렇기에 서민의 전투기술을 배우는 건 여기사에게 나쁘지 않겠지. 어떠신가요, 유즈리 하 씨?"

"흐음…… 확실히 기사의 전투 훈련에선 전장이나 일대 일 싸움에서 활약하기 위한 대인전 훈련이 아무래도 메 인이 되지…… 그럼 마수 토벌에서 지장을 초래하게 되 니 서민의 전투 기술도 적극적으로 받아들여야 하는 것인 가……!"

역시 유즈리하 씨는 이해가 빨랐다.

거의 다 정리됐다고 생각했을 때, 의문을 품은 목소리가 울려 퍼졌다.

이대륙에서 온 무예가 츠바키였다.

"하지만 그런 건 별로 도움이 안 될 것 같은데?"

"응? 어째서?"

"서민이 쓰러뜨릴 수 있는 건 고작해야 고블린이나 오크 정도. 하지만 여기사가 토벌하는 존재는 오거 아니면 마수니까 힘 자체가 전혀 다르잖아."

"과연. 좋은 질문이야."

서민을 잘 모르는 귀족이라면 나온다 해도 이상하지 않은 의문.

웬타스 공국에서 온 유학생들도 몇 명인가 고개를 갸웃거렸고.

그 질문에 대한 나의 대답은 단순 명쾌했다.

"서민이라 해도 노력하면 마수를 쓰러뜨릴 수 있어."

"거짓말이지?!"

"아니, 진짜야."

물론 서민이면 다 가능한 건 아니고 오히려 꽤 드물겠지.

하지만 뭐.

그렇다고 서민의 전투 방법을 배우지 않는 건 아깝다고 생각했다.

"그렇다면 츠바키의 오해를 순수 서민인 내가 풀어줄게."

──그런 이유로 서민도 나름대로 강한 마수를 사냥할 수 있다는 걸 보여주기 위해.

서민학 강의 둘째 날은 다 함께 마수를 토벌하러 가게 되었다.

5

그리고 다음 주.

아야노 씨에게 받은 마수 목격 정보 지도를 손에 들고 우리는 여기사 학원 분교를 나섰다.

참가자는 나 이외에 스즈하와 유즈리하 씨, 그리고 츠바키.

아쉽게도 여러 사정에 의해 웬타스 공국에서 온 유학생들은 참가할 수 없게 되었다. 명색이 마수 토벌이니 유학생 입장에선 여러 가지로 제약이 있겠지.

그건 어쩔 수 없었다.

스즈하는 물론 유즈리하 씨도 날 통해 서민 사정을 잘 알고 있었다.

그렇다면 츠바키에게 서민이 어떤 존재인지 확실하게 알려줘야지.

"그러고 보니 츠바키 씨는 귀족인가요?"

산길을 걸어가며 묻는 스즈하에게 츠바키는 고개를 갸웃거리며 생각에 빠졌다.

"소생은 무사니까 귀족이라면 귀족…… 이겠지?"

"어느 쪽인가요?"

"신분제도가 다르니까…… 이쪽 기사와 비슷한 정도랄까?"

"그럼 하급 귀족 정도인가요?"

"그런 거라 생각해."

또래인 스즈하와 츠바키는 아주 친해진 듯했다. 기쁜 일
이었다.

그리고 남은 유즈리하 씨는.

웬일인지 내 어깨에 올라타고 쾌적하게 이동했다.

실로 즐겁게 내 어깨 위에서 흔들리는 유즈리하 씨에게
쭈뼛거리며 물었다.

"……왜 유즈리하 씨는 목말을……?"

"그야 그대는 츠바키에게 이 원정을 통해 서민이 무엇인
가를 가르칠 생각이잖아?"

"네에, 뭐 그렇죠."

"그래서 목말을 탄 거야. 잘 들어, 미혼 처녀가 맨다리를
드러내고 남자의 목을 감는 건 귀족 입장에선 열렬한 구애
행위로 보인다 해도 이상하지 않거든?"

"네에에에?!"

"하지만 서민이라면 그렇게 성가신 오해도 발생하지 않
지. 자유로워. 그래서 나는 일부러 츠바키에게 어깨에 올
라탄 모습을 보여주는 거야. 그러니까 내가 항상 목말을
타고 싶었다거나, 틈만 있으면 늘 그대에게 맨다리를 밀착

시키고 싶다고 생각하는 그런 상스러운 여자라고는 결코 차, 착각하지 마……!"

"그런 거였나요?"

머리 위에서 들리는 유즈리하 씨의 목소리는 분명 수치심을 담고 있었다.

즉, 유즈리하 씨는 츠바키를 교육하기 위해 내 어깨에 목말을 타는 수치 플레이를 직접 솔선해서 행하고 있는 것이다.

……하지만 그건 그렇다 해도 저는 신경이 쓰이거든요.

왜냐하면 움직일 때마다 유즈리하 씨의 풍성한 과실이 머리 위에서 출렁거리니까.

게다가 유즈리하 씨의 허벅지는 엄청 탄탄하면서도 매끄러움을 잃지 않은 최고의 미술품으로, 그게 좌우에서 날 압박하고 있었다.

즉, 심장에 굉장히 안 좋았다.

이럴 땐 여동생인 스즈하로 교대해서 나의 마음을 진정시키고 싶지만——.

"응? 스즈하는 신경 안 써도 돼, 일단 내가 가위바위보에서 이겼으니까……. 그리고 스즈하는 츠바키와 이야기를 하고 싶다고 했으니까 방해하는 것도 좀 그렇잖아."

"그런가요……?"

그런 거라면 어쩔 수 없지.

앞서 걷는 스즈하가 웬일인지 원망하는 듯한 시선을 보

냈지만 기분 탓이겠지.

*

점심시간엔 엄청 럭키였다.

산을 빠져나가는 도중에 무려 포이즌 보어를 잡은 것이다.

이 녀석은 멧돼지의 드문 변이종으로, 독을 갖고 있지만 굉장히 맛있었다.

독이 있는 내장을 꼼꼼하게 제거하고 바싹 구운 고기를 덥석 물었다.

"역시 오빠예요! 보기에는 와일드한데 굽기가 절묘해요!"

"맛있어! 정말 맛있어!"

무조건적으로 칭찬하는 스즈하 옆에서 어휘력이 살짝 떨어진 유즈리하 씨가 절규하면서 마치 그녀의 아버지처럼 미친 듯이 먹었고,

"마, 맛있는 고기다……! 정말이지 고기라는 느낌의 고기……!"

츠바키가 흐느껴 울면서 고기에 몰두해 물어뜯고 있었다.

그렇게 눈 깜짝할 사이에 고기를 전부 먹어치우고.

"후우…… 배가 빵빵해……."

만족스러운 듯 배를 쓰다듬으며 중얼거리는 츠바키에게 난 '쯧쯧쯧' 하고 손가락을 흔들었다.

"여기 독이 든 내장이 있다고요."

"더러워. 빨리 버려."

"그건 귀족적 발상이지."

"뭐어?"

"서민은 그게 맛있으면 뭐든 먹거든."

"하지만 독이 있는데?!"

이래서 안 된다니까, 이대륙 걸은. 정말 하나도 모르는군.

"생각해봐. 우리는 매일 뭘 위해 단련하고 있지?"

"어떻게 생각해도 독을 먹기 위해선 아니야."

"그야 그렇지만. 쓸 수 있는 건 뭐든 쓰는 게 서민의 강함이지. 이번엔 단련된 위장을 유효하게 활용하는 식으로."

"이, 이게 이곳의 서민……?!"

"아아, 츠바키는 뭔가 착각하고 있는 것 같은데 그게 보통일 리가…… 뭐, 됐어."

유즈리하 씨가 무슨 말을 하려다 말았지만 일단 무시하고.

잽싸게 손질을 끝내 냄새를 없애면서 하는 김에 독을 최대한 제거하기로 했다.

오늘은 간 부추 볶음을 만들어보자.

역시 서민만이 할 수 있는 요리라면 간부추볶음이지.

미리 준비해둔 간을 볶자 식욕을 불러일으키는 냄새가 퍼졌다.

"마, 맛있을 것 같아! 하지만 독이 있는데……?"

"괜찮아. 단련되어 있으면 아마 견딜 수 있을 거고 만약 독을 먹는다 해도 아슬아슬하게 안전할 정도의 양이니까."

"구체적으로는 어느 정도야……?"

"복통으로 하루 몸부림치는 정도?"

"절묘한 선을 넘는 것 같은데?!"

"뭐, 나 같은 서민은 맛있으면 그 정도는 망설이지 않고 먹어치우지."

"이대륙의 서민, 무시무시할 정도야……!"

내 말에 츠바키가 오들오들 떨었다.

그렇게까지 대단한 말을 할 생각은 없었는데?

참고로 유즈리하 씨는 츠바키가 뭔가 오해하고 있는 것 같지만 귀찮고 상황이 본인에겐 유리하기 때문에 가만히 있겠다── 득도한 얼굴을 하고 있었다.

그에 비해 스즈하는 쌀을 먹고 싶다는 표정을 짓고 있었다.

뭐, 고기엔 흰 쌀밥이니까. 마음은 이해했다.

그리고 간부추볶음이 완성되자 모두가 '호오……!'하고 감탄한 얼굴로 들여다보았다.

폭력적일 정도로 맛있어 보이는 냄새가 풀풀 풍겼다.

솔직히 나도 빨리 먹고 싶어서 참기 힘들었다.

"오, 오빠! 이 멋진 요리는 대체 뭔가요……?!"

"난 다 알아…… 이 요리는 엄청 맛있거나 초절정 울트라 마벨러스하게 맛있거나 둘 중 하나일걸……!"

"이, 이제 못 참겠어! 소생은 독이라도 먹겠다고 결심했다……!"

모두에게도 크게 호평인 듯했다.

하지만 나에겐 먹기 전에 해둬야 할 말이 있었다.

"저기, 유즈리하 씨, 만약을 위해 미리 말해두겠는데요."

"뭐지? 혹시 맛있게 먹는 방법을 전수하려고? 아, 아니면 나에게만 더욱더 스페셜한 특별 추가 요리를 제안하려고……?!"

"반대예요. 유즈리하 씨는 이거 먹으면 안 돼요."

"——어째서?!"

"공작영애에게 독을 먹일 수는 없으니까요."

"그런 말도 안 되는 일이!!"

유즈리하 씨는 투덜투덜거렸지만 당연히 먹을 순 없었고.

나랑 스즈하랑 츠바키가 맛있게 먹었다.

최종적으로 유즈리하 씨가 가장 큰 대미지를 입었지만 그건 내 탓이 아니었다.

6

산을 넘고 들을 넘어 2박 3일, 드디어 찾아온 마수의 서식지.

도착까지 조금 더 걸릴 줄 알았는데 다들 체력이 좋아 빨리 도착했다. 뭐, 훈련을 겸해서 계속 산을 뛰어서 나아갔으니까.

그렇게 마을에서 멀리 떨어진 험준한 산속에서.

우리는 사냥감인 코카트리스를 멀리서 관찰했다.

코카트리스의 겉모습은 거대하고 못생긴 닭이었다. 맛있어 보이네요.

츠바키가 묘한 얼굴로 물었다.

"어떻게 마을에서 이렇게 떨어진 곳에 코카트리스가 있다는 걸 알았지……?"

"미스릴 밀수 때문에 위험한 루트로 밀입국하려던 도적이 발견했다고 들었어. 물론 그 녀석은 붙잡혔지만."

"그보다 오빠. 코카트리스라면 얼마 전에 사쿠라기 공작령에서 포획한 마수죠? 시선과 숨결에 석화 작용이 있다는."

"오오, 기억하고 있었네, 스즈하."

"네! 오빠가 만든 코카트리스 꼬치가 기막히게 맛있어서 선명하게 기억하고 있어요! 그렇게 맛있는 꼬치가 이 세상에 존재했다는 사실에 감탄하면서!"

"……저기, 스즈하……그 이야기는 나중에……."

날 보는 유즈리하 씨가 너무 무서웠다.

사쿠라기 공작령에서 마수 토벌을 했을 때 유즈리하 씨는 공작 저택에서 서류 업무를 맡았었다. 그때는 상당히 원망받았다.

뭐, 실제로 원망받은 건 내가 아니라 일을 억지로 떠넘긴 집사장이었지만.

유즈리하 씨 쪽을 최대한 안 보려 하면서 입을 열었다.

"그럼 츠바키, 여기서 질문."

"뭐지?"

"만약 서민이 코카트리스와 조우한다면?"

"당연히 울고 토하면서 도망치겠지. 할 수 있는 게 그것밖에 없잖아."

"뭐, 보통은 그럴지도 모르지…… 그럼 마수를 포획할 수 있는 특수한 훈련을 받은 서민이라면?"

"그건 더 이상 서민이라 할 수 없어."

"그렇지 않아."

그렇게 단언하자 츠바키가 어딘가 수상쩍은 눈으로 노려보았다. 어째서?

"진짜라니까. 결국 서민인지 아닌지는 무슨 일을 하느냐가 결정하니까. 그럼 츠바키, 내가 하는 일은?"

"관료였지만 주류에서 밀려난 뒤 좌천돼서 지금은 보잘것없는 분교 잡일 담당……이잖아?"

"……여러 가지로 하고 싶은 말은 많지만 내가 군인이 아닌 건 확실하지? 즉 난 서민이야."

실제로는 변경백이니까 서민이라 할 순 없지만.

하지만 그건 우연이 겹친 사고 같은 것이고 실질적으론 서민이니까 됐어!

뭐, 그건 그렇다 치고.

"그럼 츠바키. 서민이 도망치지 않고 코카트리스와 싸운다면 어떻게 할까?"

내가 묻자 츠바키가 잠시 생각에 빠졌다.

"생각할 수 있는 건 단 한 가지…… 청춘과 태양 대작전이야."

"그게 뭐야?"

"청춘과 태양 대작전은 과거를 돌아보지 않고 영광의 내일을 향해 무아지경으로 돌진하는 굉장히 아름다운 작전이야. 구체적으로는 상대가 움직이지 않을 때까지 몽둥이로 오로지 내리치는 거야. 쓸데없는 생각은 일절 하지 않는 게 비결이지."

"그러면 안 되는 거 아니야?!"

"소생의 죽은 동료들이 각별히 사랑했던 작전이야."

이대륙의 그런 작전 사정 따위 알고 싶지 않았다.

"이야기를 바꾸자. 츠바키라면 어떻게 쓰러뜨릴래?"

"소생이라면…… 돌로 변하지 않게 눈을 감고 마음의 눈으로 적을 포착한 다음, 숨결이 닿지 않도록 피하면서 심장을 겨냥해 공격하겠어!"

"그래, 잘못됐네."

"무슨 의미야?!"

"서민 실격이란 뜻이야."

심장을 공격하다니, 서민은 그런 아까운 짓은 하지 않는다.

코카트리스 염통을 참기름에 찍어먹을 때의 그 맛은…… 츄르릅. 이루 말할 수 없을 정도로 맛있는데 그 사실을 모르다니, 결국 어린애라고 할까……!

"지금 군침 흘렸지?"

"헉."

무심코 잠깐 이성을 잃고 말았다. 이건 실수.

난 실수를 만회하려는 듯 소리도 없이 코카트리스에게 돌진했다.

"뭐야?! 너무 빨라——."

그대로 손날로 코카트리스의 목을 치고——으윽?!

……푸욱.

"꼬, 꼬끼오?!"

코카트리스가 놀라 버둥거렸지만 그건 아무래도 상관없었다.

"……하아…….."

그 자리에서 날뛰는 코카트리스를 흘긋 쳐다보다 낙담을 숨기지 않고 어깨를 축 늘어뜨린 채 돌아온 나에게 모두가 서둘러 달려왔다.

"왜, 왜 그래요, 오빠?!"

"……저 코카트리스는…… 못 먹어…….."

"네에?!"

"가까이에서 보니 좀비로 변해 있었어…….."

오랜 세월을 살아온 마수가 매우 드물게 좀비로 변하는 일이 있었다.

초기라면 좀 낫다. 오히려 고기가 숙성되어 맛있어지는

일도 종종 있으니까.

하지만 가까이에서 관찰한 저 코카트리스는 여기저기 피부가 썩어 있었다. 게다가 깃털 틈으로 보이는 살이 굉장히 부풀어 있는 곳도. 그건 이미 중기 이후의 증상이었다. 즉 먹을 수 없었다.

일정과 장소 때문에 지금부터 다른 마수를 토벌하러 가는 것도 불가능했다.

내가 설명하자 노골적으로 실망하는 스즈하와 유즈리하 씨.

"오빠, 코카트리스 꼬치는 사라지고 만 건가요……?!"

"뭐, 뭐라고……? 나의 꼬치가……?!"

"아니, 두 사람 다 따로 고민할 일이 있을 것 같은데……?"

츠바키가 냉정하게 이의를 제기했기에 일단 들어보기로 했다.

"뭐가 있어?"

"아니, 좀비로 변했잖아! 안 그래도 강한 마수가 2배 이상으로 강해졌다고!"

"아, 뭐, 그렇지."

"의욕이 전혀 느껴지지 않는데?!"

그야 그렇지.

코카트리스가 2, 3배 강해졌다 해도 어차피 커다란 닭일 뿐이니까.

"자, 돌아가자."

"코카트리스를 저대로 놔두면 점점 날뛸 텐데?!"

"걱정할 것 없어. 처리했으니까."

──그렇게 실망해 돌아가려는 우리의 등 뒤에서.

코카트리스가 대폭발을 일으켰다.

설령 먹을 수 없다 해도 마수를 만났으니 퇴치는 해야지…… 하아.

"이게 이대륙 서민의 실력……?! 어, 얼마나 무시무시한 거야──!!"

웬일인지 경악하며 부들부들 떠는 츠바키의 손을 이끌고.

우리는 어깨를 축 늘어뜨린 채 도심지로 돌아왔다.

7 (이대륙 간첩 시점)

늦은 밤, 도심 변두리 어느 술집.

겉보기에는 장사가 잘 안 되는 술집 바텐더, 실제로는 이대륙의 간첩인 이대륙 천제의 친동생은 내심 꽤나 지긋지긋해하면서 츠바키의 열변을 건성으로 들었다.

"정말 장난 아니었다! 킹받을 정도로 엄청 짜증났다!"

"아── 그래, 그래."

츠바키는 평소 실제 나이가 10대 중반이라고는 도저히 믿을 수 없을 만큼, 어른도 무색할 정도의 전투력과 큰 가슴과 차분한 태도의 소유자였다.

하지만 일단 그 여유가 사라지면 그 나이대에 딱 맞는, 아니면 그 이상으로 평정을 잃는 나쁜 버릇이 있었다.

그렇다 해도 동쪽 이대륙에서 최강의 검호라 불렸던 츠바키를 흐트러지게 만드는 현상은 이 세계에 몇 개 존재하지 않았다.

적어도 간첩은 그렇게 생각했는데——.

"일단 진정해. 술……은 안 되니까 크림소다라도 마실래?"

"그럴 때가 아니라니까! 하지만 아이스크림 가득가득으로 부탁해!"

"그래, 그래."

술집에 있는 것 중 가장 큰, 어항 사이즈의 그릇을 얼음과 달콤한 탄산수로 가득 채우고 그 위에 아이스크림을 한 가득 담아 내놓으니 대박! 대바아아아아악! 이라고 마치 건설 현장 인부 같은 소리를 내며 츠바키가 크림소다를 먹었다.

그리고 눈 깜짝할 사이에 아이스크림까지 다 먹어치우고 만족스러운 표정으로.

"후우, 잘 먹었어. 그럼 이만."

"기다려."

일단 츠바키는 진정이 된 듯했다. 간첩은 그렇게 판단했다.

그럼 일에 대한 이야기를 나눠야지.

"한 번 더 처음부터 순서대로 설명해봐. 우선 분교 강의의 일환으로 야외 연습을 나간 걸로 이해하면 되겠어?"

"맞아! 참고로 강의는 『서민학』이야!"

"서민학……?"

이 대륙에는 실로 기묘한 학문도 다 있다고 고개를 갸웃거렸다.

이 대륙 어디를 찾아봐도 서민학이라는 강의가 있는 학교는 단 한 곳밖에 없다는 사실을 공부하기 싫어하는 간첩이 알 리가 없었다.

"그리고 그 행선지가 마수 토벌이었다고."

"맞아!"

"……왜 서민학 강의에서 마수 토벌을?"

"서민도 마수 토벌이 가능하다는 걸 증명하기 위해서!"

이미 이 부근부터 간첩의 상식은 거부반응을 일으켰지만 어떻게든 이야기를 이어나갔다.

"만약을 위해 확인하겠는데 그 서민학 선생님은 순수한 서민이지……?"

"안 그러면 여기사 학원 분교로 좌천될 리가 없잖아."

"그렇지."

오히려 어떤 불미스러운 짓을 저질렀는지 궁금할 정도였다. 기회가 있다면 알아보고 싶었다.

"하지만 서민이 마수 토벌이라니…… 어떻게 하는 거야?"

"소생도 의문이었다. 청춘과 태양 작전 정도밖에 떠오르지 않았거든."

"츠바키도 좋아했지, 그거."

아니, 꼭 츠바키가 아니라도 동쪽 대륙의 무사는 전부 다 머릿속을 텅 비우고 돌격하는 걸 아주 좋아했다.

그런 식이었기에 정보를 경시하고 상층부가 독단적으로 전쟁을 시작한 것이었다.

"그래서, 실제로 쓰러뜨렸어?"

간첩의 질문에 츠바키가 진지한 얼굴로 불쑥 고개를 들이밀었다.

"단지 쓰러뜨린 걸로 이렇게 시끄럽게 굴겠나?!"

뭐, 그럴 거라고 간첩은 생각했다.

안 그러면 츠바키 정도의 무예가가 이 정도로 크게 날뛸 리가 없었다.

"애초에 처음부터 이상했어. 공작영애를 계속 어깨에 매달고 우리랑 같은 속도로 험준한 산길을 달렸는데 땀 한 방울 흘리지 않았거든."

"체력에 자신이 있나보군."

"점심때는 독이 든 내장으로 간 부추 볶음도 만들고. 엄청 맛있었지."

"그건…… 그냥 탐욕스러운 거 아니야?"

"소생만 배가 엄청 아팠어…… 단련이 부족했지……."

"독이라는 걸 알면서 먹은 거잖아."

뭐, 그건 본론이 아니었기에 가볍게 흘려 넘겼다.

"그래서 마수는 코카트리스였다고?"

"그래! 시선과 숨결로 돌을 만들어버리는 무시무시한

마수!"

과연, 동쪽 대륙의 코카트리스와 크게 다르지 않은 것 같았다.

"그럼 그 부분을 좀 자세히 설명해봐."

간첩이 재촉하자 츠바키가 '꿀꺽' 침을 삼킨 후 입을 열었다.

"……그건 정말 인간의 행위가 아니었어."

"흐음?"

"코카트리스를 한방에 쓰러뜨렸다니까!! 그것도 맥 빠진 맨손 펀치로! 그런데 이미 죽었으니 걱정 말란 느낌으로 등 돌리고 그곳을 벗어난 순간 코카트리스가 펑! 하고 대폭발을 일으켰다!!"

솔직히 도저히 믿을 수 없는 이야기였다.

서민이 마수를 쓰러뜨리는 건 일단 가능하다고 하자. 군인보다 강한 민간인도 있을 수 있으니까.

하지만 혼자서, 그것도 한 방이라니. 상식적으로 말이 안 되는 일이었다.

눈앞의 츠바키도 동쪽 대륙에서는 비할 데 없이 압도적인 힘을 자랑하던 무예가였지만 그래도 단독으로 코카트리스를, 그것도 좀비로 변한 개체를 토벌하려면 상당히 고생했을 것이다.

게다가 그건 요도를 계산에 넣은 뒤 할 수 있는 이야기였다. 그런데 그 남자는 맨손이었다나.

"참고로…… 그때 같이 있던 여기사 학원 학생들은 어땠어?"

"코카트리스를 못 먹어서 충격을 받았지."

"그 부분에서 충격을 받았다고……?"

남은 두 사람이 전혀 당황하지 않았다는 것도 큰 포인트였다.

즉, 그게 당연한 결과라는 걸 인식하고 있었던 게 틀림없었다.

눈앞에 있던 이가 전설 속 왕대인이라면 몰라도.

그저 좌천된 관료가 코카트리스를 한 방에 쓰러뜨려도 놀라지 않았다는 것.

……그렇다는 건……?

그게 보통이라 말할 순 없어도 그 정도의 전투력을 가진 서민의 존재가 이 대륙에는 일상적이라는 뜻이 되는데……??

"아니, 그게 진짜야……?"

"왜 그래? 배가 아픈가?"

"……논리적 사고를 강행한 결과, 도저히 불가능한 결론에 이르러서 혼란스러운 상태야."

"바보의 생각은 시간 낭비일 뿐 아무런 쓸모가 없어."

"시끄러워."

──서민을 자칭하는 잡초 뽑기 담당 좌천남이 영웅담으로 전해지는 왕대인이며, 어마무시하게 강한 어린 소녀

의 정체는 천년 이상을 살아온 하이엘프.

설마 그렇게 확률이 아주 낮은 우연과 직면했다고는 역시 생각하지 못하는 정상적인 사고의 소유자인 간첩은……

"……한 가지 확실한 건 이 대륙 녀석들과 전쟁을 하는 건 너무 위험하다는 것인가. 제길, 그 멍청한 형이 뭐라고 할지……!"

일단 화평의 방향으로 이야기를 끌고 가야겠다고 결심했다.

8 (토코 시점)

늦은 밤 사쿠라기 공작 저택.

토코가 책상 위에 자료를 늘어놓으며 사쿠라기 공작과 긴 논의에 들어갔다.

그 내용은── 동쪽 대륙 국가는 과연 이곳을 공격할 것인가 아닐 것인가.

그리고 이제 곧 그 결론이 나올 시간.

"……역시 공격할 가능성이 농후하지……?"

"그대가 갖고 온 정보가 맞다면 그렇게 되겠군."

이대륙과 국교를 맺은 나라는 없다. 그건 사실이었다.

물론 민간 레벨에서는 약간이나마 탐험가나 상인, 그리고 색다른 여행자의 왕래가 있긴 했다. 어느 시대에나 괴짜, 혹은 목숨을 소홀히 하는 젊은이들은 있는 법이었다.

그들 대부분은 크고 넓은 바다에서 마수에게 습격받아도 전력을 다해 배를 저어 도망간다는 말도 안 되고 터무니없고 무모한 3종 세트의 생각을 장착하고 있으니까.

평소 그런 녀석들은 신경 쓰지 않았다.

왜냐하면 이대륙의 중요도가 너무 낮은 데다 분석해봐야 결국 알 수 없는 게 많았으니까. 하지만 이번엔 달랐다.

이쪽과 동쪽 대륙을 왕래하는 사람들 흐름에 확실한 특징이 드러났다.

"참나, 대체 어디 사는 바보야……? 오리할콘을 팔아넘긴 게……."

토코가 관자놀이를 문지르며 투덜거렸다.

"소규모 국가에선 파편 정도의 오리할콘이 몇 년 동안의 세입에 필적할 만하니까. 뭐, 그 남자의 특산품을 팔아넘기다니, 상당한 의지가 없다면 불가능하겠지만."

"스즈하 오빠 본인은 신경 안 쓰는 게 더욱 더 대단하지 않아……? 그야 나도 기근으로 큰 위기가 닥친다면 팔아치우겠지만……!"

스즈하 오빠가 웬타스 공국과의 조인식에서 나눠준 오리할콘 파편.

실제로는 무기나 방어구를 만들 크기도 아니고 전설의 금속이라는 그 이상의 가치 따위 없기에 나눠줘도 문제는 생기지 않을…… 터였다.

그런데 설마 이대륙에 팔아버릴 줄이야.

"아니, 그럴 가능성도 생각하긴 했지만…… 어느새 통일 국가가 수립됐다는 건 그 시점에선 알 수 없는 일이었잖아……!"

"그건 그렇지."

정치에서 모든 가능성을 고려하는 건 불가능했다.

그래서 생각을 어느 정도에서 단념하고 결단을 내릴 수밖에 없었다.

그리고 그때 이대륙의 동향까지 예측하는 건 불가능했다는 게 두 사람의 공통된 인식이었다.

"그럼 그 점을 근거로 앞으로 어떻게 할 생각이지?"

"으음, 기본적으로는 상황을 지켜봐야지……솔직히 아직 이쪽의 지레짐작일 가능성도 있고. 동향이 이상한 것도 만약 그쪽에서 정변 같은 게 일어난 거라면 우리는 알 수 없으니까. 지켜보면서 정보 수집을 계속해야겠어."

"그래야겠군."

"한번 스즈하 오빠를 보내는 것도 생각해봤는데……."

"이대륙은 너무 멀어. 게다가 그 남자가 없는 동안 우리나라가 공격받을 가능성이 높지."

"그렇지."

그 정도로 품질 좋은 미스릴, 그리고 오리할콘 광맥의 가치는 절대적이었다.

어쨌든 지금은 안테나를 세우고 기다리는 수밖에 없었다.

그렇기에 공작은 또 하나의 고민 사항으로 의식을 전환시켰다.

"여기사 학원 쪽은 어떤가?"

"음…… 공작도 알잖아, 멍청이들의 네거티브 캠페인."

"뭐, 그렇지."

변경백령 여기사 학원 분교는 사용하지 않게 된 수도원을 재이용한 데다 우수한 장인들을 집중적으로 긁어모았기 때문에 불과 한 달 만에 개교에 이르렀다.

여기사 학원에 있는 군의 옛 주류파가 알아차렸을 땐 모든 것이 끝난 상태였다. 따라서 불평할 틈조차 없었다.

하지만 그들은 포기하지 않고 투덜투덜 네거티브 캠페인을 벌이고 있었다. 그 내용도 치졸했다.

서민이 군사에 대해 알 리가 없다거나 서민에게선 제대로 된 교육을 못 받는다거나.

토코가 흥흥 콧방귀를 뀌었다.

"정상적인 사람들이 차가운 눈초리로 바라본다는 걸 모르는 걸까?"

"지금 군 최고 간부들은 모두 그 남자에게 심취되어 있으니까."

"나의 근위병들은 진심으로 다들 그래. 기사단 총장이 눈에 핏발을 세우면서 매번 나에게 『처리할까요? 처리할까요?』라고 묻는 건 살짝 공포였어!"

"처리하면 되지 않나."

"처리라니, 대체 어쩔 생각으로?!"

토코로서도 얼마나 처리하려고 했는지 모른다.

하지만 토코가 꾹 참은 이유가 있었다. 그건.

"……왕도 여기사 학원에 제대로 된 인재를 들이고 싶지 않아……."

이렇게 들으면 너무한다 싶겠지만 사쿠라기 공작은 진의를 이해했다.

"천도인가."

"응. 장래에 여기사 학원은 지금의 분교만 남기고 싶거든. 이 상황에서 왕도 여기사 학원을 정상화해버리면 스즈하 오빠가 분명 사양할 테고."

"지금 있는 학생들이 원망하지 않겠나?"

"그런 부분에선 전면적으로 지원을 했으니까. 나머지는 군부의 문제지."

"그런가?"

"굳이 말해두겠지만 엄청 힘들었어!"

그래, 힘들었다.

학습의욕 넘치는 학생들을 모아 남자 기사 학교에 양해를 구해 편입시키거나, 웬타스 공국에 교환유학생으로 보냈다. 또 그중 성적이 높은 일부 학생들은 스즈하 오빠의 여기사 학원 분교에서 시험을 보게 했다.

그리고 멋지게 그녀들 모두의 의욕이 꺾이고 말았다.

훌쩍훌쩍 울면서 본가로 돌아와 수도원에 들어가겠다는

말을 꺼낸 우등생들을 만류하느라 토코가 얼마나 고생을 했던가.

……훗날 웬타스 공국 교환학생들은 일부러 늦게 보내 입학시험 당일에 도착시키지 않았다는 걸 들었을 때 본인 도 그렇게 할 걸 그랬다고 진심으로 후회했다.

"게다가 뭔가 그 녀석들, 불온한 움직임을 보이고 있 어……."

그 후 토코는 구 주류파가 얼마나 멍청한지 열변을 토 했고.

그날은 그 이야기로 마무리를 지었다.

*

다음 날, 토코가 평소처럼 정무에 임하고 있는데.

"동쪽 이대륙에서 이러한 서신이."

"뭐……?"

대신에게 건네받은 편지는 이대륙 통일 국가의 천제, 그 친동생이 보낸 서신이었다. 현재 여기에 체류 중인 천제의 친동생이 이곳을 상찬함과 동시에 천제가 군사 침공할 우 려가 있다고 경고하는 내용이었다.

토코도 천제에게 추방당한 친동생이 있다는 건 이미 파 악하고 있었다.

그 친동생이 이곳으로 추방당해 지금은 변경백령에 살

고 있다는 것.

친동생에게 명목상이나마 아직 권력이 남아있다는 것. 그건 직함까지 억지로 없애는 일엔 저항이 강하다, 즉 존재감이 아직 사라지지 않았다는 증거였다.

그리고 친동생이야말로 나라의 톱에 어울린다는 세력이 지금도 이대륙에 남아있다는 것도 토코가 그 존재를 기억하고 있었던 이유였다.

솔직히 말해 동쪽 이대륙의 톱을 갈아치운다면 이 녀석이 좋겠다고 주목하고 있던 인재였다. 혹은 중진들을 배신하게 만들 역할이라든가.

그래서 토코는 흥미진진하게 서신을 읽어내려갔는데.

"……이건 뭐야……?"

계속 읽어 내려가던 토코의 의혹이 짙어졌다.

편지 후반부에는 만약 천제가 실제로 침공했을 때는 본인이 목숨을 걸고서라도 막고 싶다고 적혀 있었다.

뭐, 거기까진 좋다.

문제는 『이 나라의 서민에게조차 이길 리가 없다』고 적힌 부분이었다.

이 나라의 서민은 완강하고 굉장히 훌륭하다고 칭찬받는 건 그렇다 치더라도 서민이 마수 토벌도 쉽게 해낸다──는 글귀까지 이어진다면.

그 내용이 가리키는 서민은 단 한 명으로 좁혀졌다.

"스즈하 오빠도 참, 결국 이대륙으로도 손을 뻗친 거
야——?!"

　본인이 들으면 말도 안 된다고 부정할 게 틀림없는 그런
말이.
　왕궁 집무실에서 시끄럽게 울려 퍼졌다.

3장 변경백 기숙사 도우미의 극적 탄생과 여왕 즉위 1주년 기념식

1

개교한 지 얼마 안 된 여기사 학원 분교에는 학생 기숙사가 딸려 있었다.

원래 수도원이었던 장소를 고쳤고, 처음부터 생활용 건물이었기에 그대로 활용하기로 했다.

게다가 기숙사가 있으면 이런 변경이라 해도 입학이 조금은 쉬워질 테고.

지금은 웬타스 공국에서 온 교환유학생과 츠바키까지 합계 11명이 기숙사에서 생활하고 있었고, 한 명의 도우미가 식사를 챙기는 상태였다.

그 도우미가 쓰러졌다.

"……허리를 삐끗했다고?"

아야노 씨의 보고를 금방 이해하지 못하고 되물었다.

"네. 도우미가 저녁이 든 통을 들다가 삐끗했다고."

"이런. 괜찮을까?"

"실려 간 진료소에선 3일만 안정을 취하면 복귀할 수 있을 거라더군요."

"그거 다행이네."

"오늘 저녁은 준비되어 있으니 괜찮지만 내일부터 복귀 전까지는 기숙사 내 식당을 폐쇄하려 합니다."

"임시로 사람을 고용할 순 없어?"

"어렵겠죠. 신원이 확실한 사람이 아니면 안 되니까."

"그러네."

뭐, 확실히 임시로 사람을 고용했는데 스파이거나 암살자면 곤란하겠지. 그렇다고 신원 조사를 당장 할 수도 없고.

──흐음. 그렇다면.

"그럼 내가 임시로 맡을게."

"각하께서요?!"

"응. 지금은 아야노 씨 덕분에 바쁘지도 않고 무슨 일 있으면 바로 돌아올 수 있는 거리니까. 어때?"

"……문제는 없겠네요. 터무니없는 인재 낭비라는 점을 제외한다면…….

아야노 씨가 살짝 석연치 않은 표정을 지었지만.

내 입장에서도 기숙사 생활의 실태를 알게 될 좋은 기회라 생각했다.

결코 서류 업무에서 도망치는 건 아니랍니다…….

"그럼 그렇게 해."

그렇게 내가 임시로 기숙사 도우미가 되었다.

참고로 남자의 경우엔 사실 기숙사 도우미가 아니라 기숙사장이나 사감으로 부르는 모양이지만, 뭐 임시니까.

소문이 빨리 퍼졌는지 분교에서 돌아온 스즈하와 유즈리하 씨가 바로 나에게로 달려왔다.

"오빠, 내일부터 분교 기숙사 도우미가 되는 거예요?"

"아니, 그럼 식사는 어떻게 해? 잠은 어디서 자고?!"

"그러니까 도우미 선생님이 돌아올 때까지는 기숙사에서 숙박할 생각이니까 유즈리하 씨는 마을 식당에서——."

"싫어! 나도 기숙사에서 지낼래! 물론 식사도 그대와 함께할 거야!"

"나도 그럴래요, 오빠!"

"그, 그래……?"

가끔은 마을 레스토랑에서 먹는 것도 좋을 텐데.

＊

다음 날도 평소처럼 분교에서 자질구레한 일을 처리하고 있는데 평소와는 분위기가 다른 게 느껴졌다.

정확하게 말하긴 어렵지만 좀 들떠 있달까.

학생들이 작은 목소리로 소문에 대해 속삭이는 느낌이랄까.

대체 무슨 일이 있었는지 고개를 갸웃거리자 교환 유학생들과 이야기를 나누고 있던 츠바키가 사뿐사뿐 걸어왔다.

"그대가 오늘 밤 우리를 덮치러 올 거라는 게 사실인가?"

"그럴 리가 없잖아?!"

"항간에는 이미 이 화제로 떠들썩한데."

"지금 당장 부정해주면 안 될까?!"

"으음…… 어쩔 수 없는 녀석이군……."

츠바키가 입술을 삐죽거리며 돌아갔고, 웬타스 공국에서 온 유학생들과 이야기를 나눈 후 다시 이쪽으로 걸어와 한 마디.

"다들 그대가 누구와 한 침대에 누울지 알고 싶어 해. 어서 자백해."

"그러니까 그런 짓 안 한다고!!"

"그래? 아직 결정되지 않았다는 뜻이지?"

"애초에 예정 그 자체가 존재하지 않아!"

"흐음."

고개를 갸웃거리며 츠바키가 다시 돌아갔다.

그 이후 웬타스 공국에서 온 유학생들과 이야기를 나누고 다시 돌아온 츠바키가.

"그대 취향은 청순한 느낌의 흰색인가? 아니면 성숙한 느낌의 검은색인가?"

"으아아아악!"

"왜, 왜 그래?!"

전부 다 엉터리라고 말하고 싶었다.

괴성을 지르고 싶어지는 것도 당연했다.

"아니, 츠바키는 왜 전서구가 된 거야?!"

"그대에게 묻고 싶지만 물어볼 용기가 안 나온다고 다

들 그래서 대신 물어본 것이다. 소생은 용기가 넘치는 무사니까."

"그런 용기는 평생 안 내도 된다고 생각하는데."

"그래?"

"그래요."

그런가? 하고 납득하는 츠바키.

만난 지 얼마 되진 않았지만 내가 아는 츠바키의 장점은 솔직하다는 점이었다. 단점은 너무 솔직하다는 점.

"그러니까 난 이제 그만 식사 준비를──?!"

──그때 난 깨닫고 말았다.

나랑 츠바키의 대화를 몰래 엿듣고 있는 몇 명의 학생들.

학교 건물이나 나무 뒤에 숨어 있어서 얼굴은 안 보였지만 그곳에 있다는 건 느낄 수 있었다.

그리고.

그중 한 사람이 분명 유즈리하 씨라는 사실도.

"으아앗……."

아니, 가장 가까이에서 귀를 기울여 듣고 있던 사람이 유즈리하 씨였다.

얼굴은 안 보이지만 틀림없었다.

건물 뒤에 숨었지만 가슴은 힘껏 튀어나와 있었으니까.

너무나 특징적인 그 실루엣을 만들어낼 수 있는 여성이 이 세상에 얼마나 있을까.

"……아니, 이 분교에는 세 명이나 있구나."

"무슨 소리야?"

"아무것도 아니야."

몰래 엿듣는, 공작 영애로서 어울리지 않는 행동을 하고 있는 수상한 그림자가 유즈리하 씨라고 단언하는 건 아니었다.

하지만 츠바키는 눈앞에 있으니까 당연히 제외.

그리고 유즈리하 씨가 아니라면 소거법으로 스즈하밖에 안 남는데.

스즈하는 성격상 궁금한 게 있으면 직접 나에게 물어보러 오는 타입이니까. 으——음…….

만약 유즈리하 씨라면 그냥 내버려 둘 수도 없고…….

그래서 확인해보기로 했다.

아무렇지도 않은 척하면서 조용히 중얼거렸다.

"……파트너."

움찔!

엄청 동요했다.

안타깝게도 그건 유즈리하 씨가 틀림없는 것 같았다.

유즈리하 씨는 파트너가 되고 싶은 마음이 크기 때문에 그런 부류의 단어에 과잉반응을 보이는 경향이 있었다. 하지만 꼼꼼하게 조금 더 확인해볼까?

"……태어난 시간은 다르지만 죽을 때는 같은 날, 같은 시각을 바란다……!"

움찔, 움찔!

"난 절대 파트너를 버리지 않아…… 죽어도 지킬 거
야——!"

움찔, 움찔, 움찔……!!

"아까부터 대체 무슨 소릴 하는 거야?"

"아니, 사소한 실험을 하는 중이라."

"엄청 즐거워 보이는데."

"……그런 거 아니거든……?"

좀 꼼꼼하게 확인한 것뿐, 즐거운 일 따위 없었는데.

방금 낚은 물고기처럼 지면에서 팔딱팔딱 몸부림치는
유즈리하 씨가 유쾌해서 무심코 계속 신났다는 사실은 존
재하지 않았다. 분명.

하지만 뭐, 오늘 저녁 메뉴는 유즈리하 씨가 정말 좋아
하는 고기가 듬뿍 든 카레로 할까?

그렇게 결정한 나였다.

2

저녁식사 시간.

식당에 모인 모두에게 카레를 담아주는 건 당연히 나의
역할이었다. 우연히 그 자리에 있던 메이드 카나데도 도와
줬다.

여기서 이뤄지는 사소한 연구.

상대 학생을 관찰하고 담아주는 카레를 미세하게 조절

하는 것이었다.

"맛있게 드세요. 좀 맵게 담았어요."

"네? 제가 매운 걸 좋아한다는 걸 어떻게 아셨어요?!"

"그냥 알게 됐어요. 다음 분은…… 요구르트를 살짝 섞었습니다."

"우와! 맞아요, 좀 새콤한 걸 좋아해요!"

"그다음 분은 술버릇이 안 좋네요."

"그건 카레랑 관계없잖아요?! 맞는 말이긴 하지만!"

이런 느낌으로 대화도 나누고 일석이조였다.

교환유학생 모두가 카레를 허겁지겁 먹는 모습을 바라보면서 여기사의 식욕은 국경을 초월하는 것이라며 감탄하고 있는데.

웬일인지 카나데가 반짝거리는 눈으로 날 바라보았다.

"역시 카나데의 주인님."

"뭐가?"

"모두의 정보를 언제 손에 넣었어? 몰래 알아봤어?"

"그런 짓 안 했어."

왕도에 있는 유명한 카레가게에선 들어온 손님을 얼핏보고 어느 정도로 매운 걸 좋아하는지 순식간에 판단한다고 한다.

그리고 맵기에 따라 다르게 만든 카레 중에서 그 사람에게 최적인 카레를 내놓는다나. 물론 손님에게 맵기 취향을 묻지도 않고.

이번에는 그걸 흉내 내봤는데 대충 잘 된 것 같았다. 다행이었다.

그런 이야기를 꺼내자 카나데는 웬일인지 점점 더 눈을 반짝거렸다.

"……즉, 주인님은 얼핏 보기만 하면 정보를 훔칠 수 있다는 뜻……!"

"그건 좀 과한 표현 같은데?!"

"주인님이 본다는 건 카나데의 부끄러운 비밀을 알려주는 것과 마찬가지…… 즉 카나데가 매일 빨래하기 전에 주인님의 옷을 킁킁거리는 것도, 가끔은 맛을 본다는 것도 통째로 전부 에브리싱 간파 상태……!"

"그건 몰라! 아니, 그런 짓을 했어?!"

"……사실 거짓말."

"너무 대충 속이지 말아줄래?!"

알고 싶지 않았던 메이드의 어둠을 깨닫고 충격을 받았다. 대체 어떻게 된 일인지 머리를 감싸 안자.

"……주인님은 뭔가 착각하고 있어."

"뭘?"

"일류 도예가는 좋은 흙인지 알아보기 위해 흙을 먹기도 해."

"아, 그런 말은 들은 적 있어."

"그것과 똑같아."

"그건 아닌 것 같은데?!"

"……카나데는 일류 메이드로서 빨래를 확인하기 위해 맛보는 것뿐이야. 그러니까 착각하지 마."

"그건 즉, 카나데는 메이드로서 최고의 세탁을 위해 굳이 모두의 옷을 빨래하기 전에 맛본다는……뜻이야?!"

"주인님 옷 말고는 핥아본 적 없어. 더럽잖아."

"이야기가 모순되는 것 같은데?!"

그런 대화를 나누고 있을 때 나머지 단련 멤버들도 돌아왔다.

스즈하와 유즈리하 씨, 그리고 츠바키까지 세 사람. 이걸로 전부 모였다.

원래 기숙사 저녁은 제각각 따로 먹기 때문에 늦어도 문제는 없었다.

"다녀왔습니다, 오빠!"

"오늘은 카레야……? 그대가 만든 카레는 일품이니까. 기대가 돼."

"처음 듣는 요리다. 겉모습과 냄새가 장난 아니군……."

응? 츠바키는 카레를 먹어본 적이 없는 모양이었다.

이대륙에 카레가 존재하지 않는 건지, 츠바키가 모르는 것뿐인지는 모르겠지만.

어떻든 세 사람이 먹을 카레를 담아야지.

스즈하는 당근을 안 좋아하니까…… 하지만 무시하고 그냥 담았다.

유즈리하 씨는 본인 입으론 절대 말하지 않지만 단 걸

굉장히 좋아해 벌꿀을 많이 섞은 달콤한 유즈리하 씨 스페셜로 제공했다.

츠바키는 쌀을 좋아하는 것 같아서 밥을 많이 담았다.

반응이 어떨지 지켜보는 가운데, 한 입 먹은 츠바키가 벌떡 일어났다.

"이, 이렇게 맛있는 음식이 존재하다니, 대체 뭐지?!"

"오빠 특제 카레예요."

"이곳엔 이런 맛있는 음식이 어디에나 존재한다고……?!"

"아뇨, 어디에나 존재하진 않아요. 오빠가 직접 만든 요리니까."

"스즈하 말이 맞아. 스즈하의 오라버니가 직접 만든 요리는 전부 다 최고지만 그중에서도 카레는 킹 오브 킹, 정상을 노릴 수 있는 한 접시. 게다가 변화가 풍부하지."

"그런 거야?!"

"그래. 닭튀김 카레에 햄버그 카레, 돼지고기 샤부샤부 카레까지 전부 다 더없이 맛있어. 그리고 잊어선 안 되는 기본, 돈가스 카레……."

"흐음……."

엄청 기대하는 시선이 나에게로 쏠렸다.

"저기, 말하기가 좀 힘든데……."

"저것 좀 보세요, 유즈리하 씨!"

그렇게 말하며 스즈하가 가리킨 건 안쪽 테이블에서 저녁을 먹던 2인조.

아아, 스즈하, 왜 그렇게 쓸데없는 짓을…….

아니나 다를까 유즈리하 씨가 바로 달려들어서 확인했다.

"뭐야…… 저쪽에서 먹고 있는 건 햄버그 카레, 그 옆은 분명 돈가스 카레잖아. 어떻게 된 거야!?"

"저, 저기, 두 사람 다……."

"분명 오빠는 한 그릇 더 먹을 걸 내다보고 질리지 않도록 맛에 변화를 주기 위해 햄버그나 돈가스를 나중에 챙겨주는 스타일이긴 하죠."

"과연! 좋아, 그걸 알았다면 바로 전부 먹어치워야지! 그리고 한 그릇 더 리필할래!"

"으음, 소생도 질 수 없지!"

"아니, 다들 내 이야기 좀 들어……."

"미안해, 지금은 가만히 있어줘. 엄청 서두르고 있으니까."

이야기를 들으려고도 하지 않는 세 사람은 초고속으로 카레를 깨끗하게 비웠다.

그리고 당연하게 내 눈 앞에 그릇 3개가 탁탁탁! 놓였다.

"한 그릇 더 주세요, 오빠! 토핑은 돈가스랑 햄버그랑 닭튀김이 좋을 것 같아요!"

"나도 한 그릇 더! 참고로 난 그대가 만든 토핑을 선별하는 무례한 행위는 못 해! 그러니까 전부 올려줘!"

"소생은 겸손한 사람이니까 고기만 다 올려주면 된다!"

정말 무슨 소릴 하는지 알 수가 없었다.

아니, 유즈리하와 츠바키는 무례함과 겸손함의 기준이

이상했다.

뭐, 결국 내 대답은 하나밖에 없지만.

"그게 말이지, 저기…… 전부 다 먹었어."

"""네?"""

"남으면 내일 먹을 생각으로 꽤 많이 만들었는데…… 도우미 선생님에게 들은 분량보다 오늘은 다들 2배 이상 먹어치워서. 다들 내 카레가 맛있어서 그렇다고는 했지만."

"""……."""

"그러니까 세 사람이 먹은 게 마지막이었어. 사실 스즈하가 말한 것처럼 여러 가지 토핑도 준비했는데 전부 다 먹어치워서."

"어, 어떻게 그런 일이……!"

무릎을 털썩 꿇는 유즈리하 씨에게 미안했지만,

"아니, 그래도 세 사람이 먹을 양은 확보해놓을 생각이었는데……."

그렇게 말하며 내가 뒤쪽을 힐끔 쳐다보았다.

……그곳엔 로리 글래머 갈색 은발 트윈테일에 메이드 복장을 한 도둑고양이가 있었다.

굳이 말할 것까지도 없이 카나데였다.

게다가 어느새 어린 소녀의 모습을 한 우뉴코까지 함께 있었다. 방금까진 없었는데.

두 사람 다 다람쥐처럼 빵빵해진 입 안에 햄버그에 닭튀김에 돼지고기에 온갖 고기가 가득 차 있었다.

참고로 뺨에는 카레 소스가 잔뜩 묻어 있었다.

우리를 알아차린 두 사람은 시선을 마주한 채 입을 우물우물 움직여 음식을 씹어 꿀꺽 삼킨 후 한마디.

"역시 주인님, 굉장히 맛있었어. 그럼 이만."

"우뉴!"

"――두 사람 다 이야기를 좀 듣고 싶은데……?"

"으아앗."

유령처럼 다가가는 유즈리하 씨가 귀신의 형상이라 굉장히 무서웠다.

츠바키도 요도 칼집에 손을 올린 채 언제든 빼들 수 있는 자세였고.

스즈하는…… 두 사람 뒤로 돌아 들어가 도망칠 길을 막았다. 오빠로서 괜찮은 판단이라고 칭찬하고 싶었다.

생명을 위기를 느낀 두 사람이 뒷걸음질을 쳤고.

"여기선 메이드류 전략적 일시 철수……!"

"우뉴!"

그렇게 도망친 곳에는 당연히 스즈하가 기다리고 있었다.

체포된 두 사람은 나머지 세 사람의 지독한 벌을 받게 되었다.

공작가가 전수한 벌을 두 눈으로 목격한 나는 그저 떨면서 등을 돌릴 수밖에 없었다.

……설마 그 정도일 줄이야. 카나데가 진지한 얼굴로 반성하다니.

이거 참, 공작영애는 정말 무시무시하네요.

3

식사 후에는 잠시지만 내가 기숙사에서 지내게 됐다는 이유로 즉석에서 마사지 강좌가 열리게 되었다.

듣자 하니 웰타스 공국 일대에서 나의 마사지가 화제가 됐다고 한다. 어디서 들었는지 확인해보니 아무래도 토코 씨에게서 웰타스 대공을 경유해서 이야기가 전해진 듯했다.

그래서 다들 흥미를 갖고 있었다.

귀국했을 때 이야깃거리가 될지도 모르니 나도 마사지 강좌를 여는 데 동의했다.

넓은 홀에는 학생 전원과 나, 그리고 웬일인지 메이드인 카나데도 있었다.

"카나데는 왜 여기에?"

"벌로 마사지 보조를 하게 됐어."

"그렇구나. 하지만 그럼 우뉴코는?"

"너무 많이 먹어서 잠들었어."

배가 부르도록 먹은 후 졸리는 건 인간도 엘프도 마찬가지인 듯했다.

그렇게 강좌를 시작했다.

"오늘은 일단 제 마사지 방식을 한 번 보고 그 이후 다 함께 복습해보려고 합니다."

『네!』

시원시원한 대답이 겹쳐져서 정말이지 여기사 견습생이란 느낌. 좋구나.

"그럼 우선 견본으로 내 마사지를 받을 사람은……."

『저요, 저요, 저요오오오!!』

한순간에 그곳에 있는 모두의 손이 번쩍 올라갔다.

특히 웬타스에서 온 유학생들이 엄청난 의욕을 보였다. 어째서?

"그럼 저기, 가장 뒤에 있는……."

대충 유학생 중 한 명을 지명하려는데.

"잠깐만요, 오빠."

"스즈하?"

"오빠의 섬세하고 대담한 마사지를 완벽하게 보여주려면 역시 받는 사람도 최대한 익숙하게 수용하는 게 필요한 법. 그러니까 제가 받는 게 최선일 것 같은데요."

"그, 그런가……?"

한계까지 공격하는 아슬아슬한 마사지까진 예상하지 않았기에 과한 배려 같지만. 그래도 오빠를 생각하는 그 자세가 기뻤다.

"그럼 스즈하에게 부탁——."

"잠깐만!"

그의 행동을 멈춰 세우는 콜. 뭐지?

"유즈리하 씨, 왜 그러세요?"

"그게, 나랑 그대는 유일무이한 파트너니까 그대가 친히 보여줄 마사지는 가능한 한 내가 받아야 한다고 생각해! 물론 나도 그 대신 공적으로든 사적으로든 평생 마사지해 주겠다고 맹세할게!"

"저기, 감사합니다……?"

"아뇨, 유즈리하 씨, 그 입장은 오빠 여동생인 제가 짊어져야 한다고 생각해요."

"그, 그렇지 않아! 애초에 스즈하는 이미 너무 부러운 입장인데——."

그때부터 스즈하와 유즈리하 씨 두 사람의 이유를 알 수 없는 싸움이 시작되고 말았다. 큰일이네. 이렇게 되면 난 아무것도 할 수 없는데.

중재하려고 한 적도 있었지만 그럴 때마다 둘 다 '오빠는 가만히 있어요' '그대는 방해하지 마. 이건…… 여자들의 싸움이니까……!'라면서 늘 실패했었다.

어떻게 할지 고민하고 있자 카나데가 내 소매를 잡아당겼다.

"왜 그래, 카나데?"

"카나데가 도와줄게."

"무슨 뜻이야?"

"학생 중 한 명을 선택하려니까 싸우는 거야. 카나데를 선택하면 문제가 없지."

"그, 그런가……?"

"틀림없어."

이치는 잘 모르겠지만 자신만만한 카나데가 하는 말이니까 괜찮겠지.

그런 이유로 나의 마사지를 받는 역할은 카나데가 맡게되었다.

스즈하와 유즈리하 씨가 또다시 도둑고양이를 바라보는 듯한 눈으로 카나데를 노려보았지만 모르는 척하기로했다.

*

마사지 강좌를 끝낸 카나데는 서 있는 게 고작인 상태였다.

"저기, 카나데, 괜찮아?"

"……대, 대단해…… 역시 카나데의 주인님, 장난 아니었어……!"

"미안, 좀 과했나?"

"그렇지 않아……지금이라도 천국으로 올라갈 수 있을 것 같아…… 헤븐 상태…….."

"그건 죽을 뻔했던 거 아니야?!"

어쩔 수 없이 공주님 안기로 카나데를 옮겼다.

이대로 카나데를 데리고 가는 것보다 푹 쉬게 한 후 돌려보는 게 좋을 것 같았다.

"미안. 카나데라면 익숙하니까 하드 코스도 괜찮을 줄 알았는데."

하드 코스라는 건 요컨대 평소 스즈하에게 해주는 마사지였다.

어느 정도로 하드한가 하면, 귀족 여성이 마사지 받는다는 걸 들키면 시집가기 힘들 정도. 아무래도 보기가 너무 흉했다.

엉덩이 사이로 손가락을 찔러 넣는 것처럼 보이기도 하고.

"설마 그쪽에서 요구할 줄은 몰랐어……."

여기사 학원에 다니는 학생은 스즈하나 츠바키 같은 예외를 제외하면 보통은 귀족 출신이고. 그렇기에 처음엔 소프트 코스로 누가 봐도 괜찮을 만한 마사지를 보여줬다. 하지만 그때 클레임이 걸렸다.

웬타스 공국에선 나의 마사지가 굉장히 격렬하다는 소문까지 이미 퍼진 후라 했다.

토코 씨, 대체 다른 나라에서 무슨 말을 하고 다니는 겁니까?

게다가 스즈하가 '맞아요. 오빠의 실력은 이게 다가 아니에요'라고 불에 기름을 붓는 쓸데없는 소릴 하고.

그 옆에서 유즈리하 씨도 의기양양한 얼굴로 몇 번이나 끄덕인 결과.

결국 난 카나데를 상대로 전력을 다한 진짜 마사지를 보여주게 되었다. 그 결과가 보는 그대로였다.

전력을 다한 마사지는 받는 쪽도 하는 쪽도 지치는 법이었다.

그래도 푹 자고 내일이 되면 피로는 완전히 풀려있겠지만.

"카나데는 마사지 아프지 않았어? 괜찮아?"

"괜찮아. 기분이 너무 좋아서 녹초가 됐을 뿐."

"그럼 다행이네."

카나데의 표정은 정말 칠칠치 못한 고양이 같아서, 주인인 날 배려하느라 참고 있는 것 같진 않았다.

나는 스즈하처럼 매일은 아니지만 카나데에게도 마사지를 해주곤 했다. 열심히 일했을 때 무슨 상을 받고 싶냐고 카나데에게 물으면 거의 대부분 풀코스 스페셜 마사지를 요구했다. 그리고 가끔은 모의 전투.

그래서 카나데도 마사지가 싫지 않은 줄 알았다.

하지만 그 이외의 시간에 카나데가 마사지를 요구하는 일은 없었다.

스즈하나 유즈리하 씨는 어쩔 때 하루에 몇 번씩도 요구하는데.

"카나데는 평소엔 나에게 마사지해달라는 말을 잘 안 하잖아?"

"응."

"하지만 마사지가 싫은 건 아니지?"

"물론. 오히려 정말 좋아하고 소중하기까지 해."

"평소엔 사양하고 있는 거야?"

"……사양하는 건 아니야. 메이드가 주인님에게 친히 마사지를 요구하다니, 보통은 있을 수 없는 일이야."

"그건 맞는 말이야."

그래도 살짝 서운했다.

나에게 카나데는 이미 가족의 일원이니까.

하지만 카나데의 프로 의식을 부정할 생각도 없었기에, 대신 이런 말을 꺼냈다.

"그럼. 주인인 내가 한 가지 부탁이 있는데."

"뭐든 말해봐."

"카나데가 엄청 힘들 때나 굉장히 열심히 했다고 생각할 때는 사양 말고 나에게 마사지 해달라고 부탁할 것. 알겠지?"

"……그건……!"

"물론 나도 바빠서 안 될 때가 있겠지만."

"……알았어. 카나데는 유능한 메이드. 주인님 부탁에 따를게."

"응. 잘 부탁해."

그렇게.

그후에는 한 달에 2번 정도의 빈도로 카나데가 나에게 마사지를 부탁하게 됐지만 그건 또 다른 이야기.

4 (츠바키 시점)

충격적인 마사지 강좌가 끝난 후 기숙사 목욕탕에서 츠바키는 생각에 잠겨 있었다.

(그건 대체 뭐였지……?!)

무릎을 감싸 안고 욕조에 들어가 입가까지 물에 담근 채 가끔 물을 부글부글거리면서, 츠바키는 방금까지 지켜봤던 광경을 떠올렸다.

츠바키는 관찰안이 뛰어났다. 적어도 일반인보다는 훨씬.

관찰안이 진가를 발휘하는 건 특정 분야인데, 예를 들어 츠바키는 전투에서 상대의 움직임을 근섬유 하나에 이르기까지 파악할 수 있었다.

츠바키가 전장에서 살아남을 수 있었던, 요도와 견줄 수 있는 자랑스러운 능력이었다.

그리고 츠바키의 뛰어난 관찰안 덕분에.

스즈하 오빠가 행하는 마사지의 대단함이 부각되었다.

(그 남자의 손길로 메이드의 근육을 부족함 없이 구석구석 한계까지 풀어줬어……!)

당연한 이야기지만, 근육이 붙는 방식이나 육질 같은 건 사람에 따라 천차만별이었다.

그걸 한계까지 풀어주려면 당연하게도 지극히 섬세한 조절이 필요했다.

조금이라도 오버해버리면 반대로 근육을 상하게 하는 결과를 초래하겠지. 그런데.

(그 남자는 살짝 만지기만 했는데 모든 것을 완벽하게 파악했어……!)

의기양양한 얼굴을 들이밀던 스즈하처럼 평소에도 만진 다면 쉽게 알 수 있다.

하지만 그 메이드를 마사지하는 건 오랜만이라고 했다. 사실이겠지.

그런데 그 남자는 메이드의 근섬유 하나하나를 완벽하게, 한계에 다다를 때까지 충분히 확인하고 주물러서 풀어 줬다. 이 얼마나 엄청난 기술인가.

그걸 해낸 게 전설의 영웅이라면 이해할 수 있었다.

하지만 놀랍게도 그 남자는 그냥 좌천된 잡초 뽑기남이 었다──!

(……만약 동쪽 대륙과 이 대륙이 전쟁을 하게 된다면 잡초 하나 남기지 않고 지고 말 거야. 레벨의 차이가 너무 심해…….)

이 대륙 사람들의 힘이 너무 강하단 건 코카트리스 토벌 에서 충분할 정도로 뼈저리게 깨달았다.

하지만 진짜 주목해야 하는 건 힘을 지탱할 압도적인 기 술력이었음에 전율했다.

──동쪽 대륙에서 그 압도적인 전투력으로 국가 통일 의 원동력이 된 츠바키는 본인의 전투력을 부족함 없이 인 식하고 있었다.

본인이 2, 3명만 있으면 그뿐만으로 동쪽 대륙은 가볍게 정복할 수 있을 정도.

하지만.

이 땅엔 츠바키와 비슷할 정도거나 그 이상의 전력을 지닌 이가 4명이나 있었다.

스즈하와 유즈리하. 그리고 그것보다 훨씬 더 강한 어린 소녀…… 그리고 잡초 뽑기남. 과잉전력이라고 해도 좋을 정도였다…….

물을 부글부글거리면서 그런 생각을 하고 있는데 일제히 숨을 삼키는 소리가 들렸고.

그쪽으로 시선을 돌린 후 이유를 납득했다.

스즈하와 유즈리하 두 사람이 들어오고 있었다.

둘 다 평소엔 기숙사에서 안 자고 돌아가기 때문에 기숙사 목욕탕은 사용하지 않았다. 그래서 츠바키도 두 사람의 알몸을 본 적은 없었다. 그리고 유학생들도.

두 사람을 보고 깜짝 놀란 유학생들의 반응은 츠바키로서는 익숙한 것이었다.

한계까지 다다른 스타일에 대한 칭찬도, 말도 안 되게 돌출된 가슴에 대한 선망과 질투도 츠바키를 향한 반응과 완전히 똑같았으니까.

(흥. 정말 볼 만한 곳은 거기가 아닌데…….)

츠바키는 유학생들을 언뜻 보고 두 사람에게로 고개를 돌려 진군을 개시했다. 평영으로.

그리고.

"……츠바키 씨. 목욕탕 안에서 수영하는 건 매너 위반이에요."

"미안해."

츠바키는 큰 욕탕에서 수영하는 걸 정말 좋아해 동쪽 대륙에서도 자주 혼이 났었다.

이 대륙에선 어쩌면 가능할 것 같았는데 역시 안 되는 모양이었다고 풀이 죽었다. 다음에는 아무도 없을 때 수영해야지.

몸과 머리를 깨끗하게 씻은 두 사람이 탕으로 들어오자 츠바키 것까지 포함해 물에 수박 크기의 가슴 6개가 나란히 떠올랐다. 뭔가 초현실적이었다.

하지만 새삼 또, 가슴만 보고 있는 녀석은 센스가 없다고 츠바키는 생각했다.

적어도 무사라면 스즈하 알몸에서 주목해야 하는 건 가슴이 아니었다.

언뜻 보기에는 눈에 띄지 않지만 믿을 수 없을 정도로 고급스럽게 완성된 세세한 그 근육——.

"빤히……."

"뭐, 뭐예요, 츠바키 씨?"

"이건 틀림없이 A5 랭크……아니."

"네? 네?"

"아니, 사상 첫 A6 랭크 인정, 더는 무를 수도 없다!"

"무슨 랭크인가요?!"

"소생은 고기 소믈리에라서."

참고로 A5 랭크는 동쪽 대륙에서 최상급 소고기를 나타내는 기준이었다.

인간에게 사용해도 되는 기준은 결단코 아니었다.

"으으음……역시 이건 그 마사지 덕분……?"

"저기, 츠바키 씨?"

그리고 시선은 바로 옆에 위치한 유즈리하에게로.

"이쪽은……으음……."

"이번엔 나야?"

가까이에서 직접 비교해 보니, 크기는 몰라도 근육의 질 그 자체는 스즈하가 훨씬 우월하게 느껴졌다.

유즈리하 또한 스즈하만 없다면 현격한 차이로 넘버원이겠지만.

"두 사람 다 계속 마사지를 받았나?"

"오빠가 해주는 마사지 말이죠? 난 어릴 때부터 계속 받았어요."

"스즈하가 부러워. 난 1년 남짓 됐는데."

"역시나……!"

마사지를 받은 세월과 육질에 명백한 상관관계가 있었다. 틀림없었다.

역시 여기선 진심으로 추궁해야 했다.

그래서 수치심을 참고 부탁하기로 했다.

"특별히 두 사람에게 부탁이 있어."

"네? 뭔가요?"

"두 사람의 가슴을 만져보게 해줘."

""뭐어어어어어어어어어어어어어어어어엇?!""

두 사람은 진심으로 놀랐지만 츠바키도 농담이나 재미로 한 말은 아니었다.

——그 옛날 츠바키는 동쪽 대륙에서 제일이라고 평했던 소 키우기 명인을 찾아간 적이 있다.

그리고 보니 그 명인도 소에게 매일 마사지를 해준다고 했었다.

그때는 '그런가'하고 흘려들었는데 설마 이렇게 연결될 줄이야.

그리고 헤어질 때 명인이 이런 말을 했었다.

정말 멋진 육질의 소는 가슴을 주물러보면 모든 것을 알 수 있다고——.

"——그러니까 소생은 꼭 두 사람의 가슴을 만져보고 싶어!"

그렇게 필사적인 모습으로 양손을 합쳐 보이는 츠바키 때문에 두 사람은 당황스러움을 숨길 수 없었다.

이 녀석 대체 무슨 소릴 하는 거야, 라는 마음속 소리가 들리는 것 같았다. 하지만.

"——으음. 뭐, 츠바키가 무슨 말을 하고 싶은진 대충 알겠어."

"유즈리하 씨……?"

"사실 나도 스즈하를 보며 같은 생각을 품은 적이 있어."

"유즈리하 씨?!"

"착각하지 마. 스즈하의 몸은 스즈하 오라버니가 십몇 년에 걸쳐 키운 최고이자 궁극의 육체…… 흡족할 때까지 온몸을 만지고 싶은 건 당연한 심리잖아. 결코 백합적인 그건 아니야."

"네에에……?"

"나도 그렇지만 스즈하도 여자에게 가슴을 만지게 해달라는 말을 들은 적이 있지? 닳는 것도 아니지 않냐면서. 그럴 때 어떻게 했어?"

"오빠가 아닌 사람이 만지면 닳으니까 전부 거절했어요."

"그냥 독점욕 아니야……?"

"기분 탓이거든요."

그런 세 사람의 대화를 목욕탕에서 목욕을 하던 유학생들이 아무렇지 않은 척 엄청 귀를 기울여 듣고 있었지만, 그건 그렇다 치고.

그 이후 츠바키의 필사적인 부탁과 유즈리하의 엄호가 더해진 결과 드디어 스즈하가 백기를 들었다.

"……그럼 셋이 서로 만지는 걸로……."

결정타는 명인이 전수한 소고기 구별법을 츠바키가 특별히 알려주겠다는 것과 유즈리하 본가에서 보낸 최상급 고기로 바비큐를 하자는 제안이었다.

결코 음식에 낚인 건 아니었다. 결코.

학술적 탐구를 위한 츠바키의 진지한 요구에 스즈하가 응한 결과였다. 분명.

"그럼 간다……!"

츠바키가 아주 진지한 표정 그대로 양손을 스즈하 가슴 앞에서 꼼지락꼼지락 움직이는 초현실적인 그림이 펼쳐진 그다음 순간.

몰랑.

"후오오오오오오——오오옷?!"

이건 뭐야? 엄청 부드러운데 탄력이 굉장해.

"아앙……이, 이건, 복수예요!"

새빨개진 얼굴의 스즈하가 복수한다며 츠바키에게 달려들었다.

"잠깐, 두 사람 다 조금만 더 조용히…… 꺄악?! 해, 해보겠다는 거지?!"

두 사람을 말리려던 유즈리하까지 말려들면서 그대로 물리적인 다툼이 벌어졌고 세 사람이 엄청 날뛴 그 결과.

목욕탕 욕조가 반쯤 깨지고 벽에 구멍이 생기는 대참사가 일어나고 말았다.

물론 그 이후 전부 엄청 혼났다.

5

허리를 삐끗했던 기숙사 도우미의 복귀와 교대하듯 왕도에서 토코 씨가 초밥과 함께 찾아왔다.

　식당에서 스즈하 일행이 앞으로 고꾸라질 때까지 먹어 치우는 모습을 무사히 지켜본 다음 토코 씨와 잡담을 나누고 있는데.

　토코 씨가 이런 말을 꺼냈다.

　"──스즈하 오빠, 3일 후에 왕도에서 의식이 있어."

　"흐음. 무슨 의식인가요?"

　"나의 여왕 즉위 1주년 기념식."

　"정말입니까. 축하드립니다."

　"에헤헤."

　토코 씨가 수줍어하면서 살짝 미소 지었다. 귀여워.

　"이것도 전부 다 스즈하 오빠 덕분이야. 정말 고마워."

　"아뇨, 아뇨, 전 아무런 도움도 되지 못했는데."

　"절대 그렇지 않지만 그렇대도 괜찮아. 앞으로도 도움이 될 테니까. 안 그래, 스즈하 오빠?"

　"그야 뭐, 토코 씨의 치세를 위해 최선을 다할 생각입니다."

　분위기에 맞춰 그런 기분 좋은 말을 건네자, 토코 씨의 눈이 반짝반짝 빛났다.

　"그래? 고마워! 그럼 바로 좀 도와주겠어?!"

　"네, 네. 뭔가요?"

　"3일 후에 열릴 기념식 말인데. 스즈하 오빠도 출석했으면 좋겠어."

아니, 왜 이렇게 이해 못 할 말을 하는 걸까.

"그건 불가능해요. 왕도는 굉장히 머니까요."

"그 이유라면 나도 무리잖아. 걱정 마, 비장의 마도구로 문제없이 보내줄 테니까."

"아니, 하지만 얼마 전에 그 마도구는 작동 조건이 굉장히 까다롭다고 했잖아요? 그러니까 초밥을 보낼 때만 사용한다고."

그게 어떤 조건인지 흥미는 있었지만 뭔가 무시무시한 조건이라면 무서울 것 같아 구체적인 건 묻지 않았다.

내 말에 토코 씨가 미소 지으며 수긍했다.

"그래, 어려워. 스즈하 오빠가 알기 쉽게 숫자로 예를 들면──왕복할 때마다 왕가 예산이 1할 정도는 날아갈 정도로 어려워."

"엄청 어려운 일이잖아요!!"

상상보다 훨씬 더 힘든 것 같았다.

"저, 저기…… 그런 거라면 이제 초밥을 보내주실 필요는……."

"그건 걱정 마. 어차피 초밥은 덤일 뿐, 진짜 목적은 내가 이렇게 스즈하 오빠를 만나러 오는 거니까. 초밥 뷔페도 언제까지라고 기한을 정한 것도 아니고. 그러니까 그 부분은 신경 쓰지 마."

그러고 보니 어떤 기간에 초밥 뷔페를 열겠다고 약속한 적도 없었다. 그렇다면.

"즉 변경백도 언제까지라고 정해진 게 아닌가요——?"

"보통 작위는 수여받으면 평생 그대로 유지되니까."

"불공평해요!!"

"……그, 그게 싫다면 이제 얼른 애를 만들어서 작위를 상속하고 본인은 아내와 은거하는 그러한 방법밖에 없지……."

웬일인지 토코 씨가 마치 오랫동안 사귄 커플이 결혼에 대해 의논할 때처럼 쑥스러워하는 얼굴로 제안했지만 뭐, 그건 그렇다 치고.

"그럼 초밥은 신경 안 쓰겠습니다."

"……방금 내가 비교적 최선을 다해 고백한 것 같은데……?"

"네? 무슨 소리예요?"

"아니, 됐어……."

뭐지? 왕족의 생각은 잘 모르겠다.

"그럼 그런 걸로 하고 전 이만 볼일이 있어서."

"그건 됐으니까 같이 왕도로 가자."

"그러니까 싫다고요!"

"그냥 이제 그만 포기해. 날 축하하기 위해 대륙에서 각국의 왕들이 찾아올 텐데 그곳에 구국의 주역인 스즈하 오빠가 없는 건 말이 안 되니까. 스즈하 오빠는 반드시 출석해야 해.

최우선 확정 사항이니까."

"으윽……의식 같은 건 별론데……."

"포기해. 내 목숨을 구해준 시점에 이렇게 될 운명이 정해져 있었으니까."

뭐, 그렇다면 어쩔 수 없지.

내가 출석하는 대신 토코 씨의 목숨을 구할 수 있다면 싼 것 아닌가.

──그렇게.

난 스즈하, 유즈리하 씨와 함께 왕도로 가게 되었다.

*

토코 씨의 마도구 덕분에 왕도로의 여행은 문자 그대로 한순간에 끝났다.

우리가 이동한 곳은 무려 왕성에 있는 토코 씨 방이었다.

그곳은 정말이지 토코 씨답게 심플하면서 기품이 넘치는 방이었다.

그런 장소에 불가항력이라 해도 나 같은 서민 남성이 들어가도 되는 것인지 좀 떨렸다.

"그럼, 스즈하 오빠. 지금부터 의식 때까지 꽤 바쁠 거야!"

"그게 무슨……?"

"우선 이게 기념식 진행표. 그리고 이쪽이 초대 손님 리스트."

털썩 털썩 두꺼운 종이 뭉치를 토코 씨가 떠넘겼다.

이걸 어떻게 하라는 것인가.

"그러니까 무리하지 않는 범위에서 최대한 기억해둬! 그리고 타국의 귀빈들을 맞이할 땐 최대한 예의범절을 완벽하게 지킬 것! 지금부터 가차 없이 진행될 거야!"

"네에에에에?!"

"상대가 국내 귀족들이라면 아무리 무례한 짓을 저질러도 나의 권력으로 입 다물게 할 수 있지만, 다른 나라를 상대로 그런 짓을 했다 소문이라도 나면 난처해지니까. 스즈하 오빠도 변경백이 된 지 1년이 지났고, 이게 좋은 기회라고 생각하고 포기해!"

"그 이전에 제가 왜 그런 걸……?"

"그야 당연히!! 스즈하 오빠가 쿠데타로 죽을 뻔한 날 구해줘서 지금 내가 여왕 즉위 1주년 의식을 치를 수 있는 거니까! 그러니까 우는 소리 말고── 나의 마음 가장 깊은 곳에 평생 잊을 수 없고 울고 싶을 정도로 따뜻한 기억을 새긴 책임을 제대로 져──!!"

"저기…… 그건 칭찬인가요? 아니면 욕인가요?"

"시시시시시끄러워! 그러니까 스즈하 오빠는 여자 마음을 모른다는 거야!"

이런저런 사정으로 결국 기세에 눌리게 된 나였다.

참고로 그때 나의 등 뒤에서는.

"……토코 씨는 때때로 꿈꾸는 소녀 감성 스위치가 켜지네요. 유즈리하 씨도 그렇게 생각하지 않아요?"

"저 녀석은 어릴 때부터 멍청한 오빠들 때문에 고생했으니까. 겉으로는 강한 척하지만 백마 탄 왕자님이 구하러 와준다는 소녀 소설을 몰래 애독했다는 건 공공연한 비밀이었어. 아마 지금도 읽고 있을걸."

"하지만 토코 씨라면 진짜 왕자님을 원하는 대로 고를 수 있는 입장 아니에요……?"

"그런 말 하지 마……."

이런 대화가 작은 목소리로 이뤄지고 있었지만 난 안 들리는 척했다.

6

다음 날 열릴 의식을 앞두고 지식을 가득 주입하던 오후의 일.

"스즈하 오빠, 잠깐 괜찮을까?"

"왜요?"

"나랑 함께 회의에 참석했으면 좋겠어."

듣자 하니 참가 인원도 극히 소수였고 비공식 회의라 예의는 신경 안 써도 된다고 했다. 그렇다면 괜찮을 것 같다고 가볍게 승낙하고 토코 씨 뒤를 따라 회의실로 향했다.

두꺼운 문을 열고 회의실로 들어가니 그곳은 화려한 가

재도구로 가득 넘치고 있었다. 샹들리에가 반짝거리고 앉는 의자에도 하나하나 섬세한 조각이 새겨져 있었다. 한눈에 최고급 랭크에 해당하는 회의실이라는 걸 알 수 있었다.

"어전 회의도 가능할 것 같네요……."

"스즈하 오빠는 완전히 잊어버린 것 같지만 난 여왕이야. 즉 내가 참가하면 어떤 회의든 어전 회의가 되지."

"그랬네요."

회의실에 사람은 보이지 않았고 아무래도 우리가 가장 먼저 온 것 같았다.

토코 씨가 회의실 안쪽으로 걸어가 설치된 책장으로 손을 뻗었다.

"저기, 스즈하 오빠. 지금부터 보는 건 절대 누구에게도 말하면 안 돼."

"네……?"

"분명 이걸 이렇게……."

토코 씨가 책장의 책을 바꿔 끼우고 책 뒤에 있던 스위치를 누르자 이윽고 드르르륵…… 소리와 함께 책장이 움직이며 비밀 통로가 모습을 드러냈다.

"으앗?!"

"이 통로는 유즈리하도 몰라. 그래도 공작은 알고 있지만."

"그런 비밀 통로를 제가 알면 안 되는 거 아닌가요……?"

"안 된다면 안 보여줬겠지."

그 너머에 위치한 계단을 내려가자 보이는 건 조촐한 회의실이었다.

아까 그 회의실과 비교했을 때 샹들리에 같은 화려한 장치는 없었지만 중후한 분위기는 오히려 더 풍겼다. 테이블이 까맣게 윤이 나고 있었다.

회의실에는 이미 10명 정도가 앉아 있었고 우리가 마지막인 듯했다.

"저기, 스즈하 오빠. 일단 말해두겠는데."

토코 씨가 내 귓가에 당치도 않은 말을 속삭였다.

"여기 있는 사람들은 전부 대국이나 유력국의 왕들이야."

"네에?!"

그 말을 듣고 자세히 살펴보니 안쪽 자리에 토코 씨와 많이 닮은 여성이 앉아 있었다. 성교국 성녀님이 틀림없었다.

그 외에도 어딘가의 초상화에서 본 것 같은 높은 신분의 사람들이 드문드문.

참고로 아야노 씨랑 굉장히 닮은 웬타스 공국 여대공은 보이지 않았다.

"왜 제가 이런 곳에……?"

내가 당연한 의문을 제기하자 토코 씨의 대답은 심플했다.

"그야 스즈하 오빠가 이 모임의 주인공이니까."

"네에?!"

"일단 스즈하 오빠는 거기 앉아만 있으면 돼── 그럼 시작할까요?!"

그렇게 날 말석에 앉힌 토코 씨는.

대국의 왕들을 향해 회의 개시를 선언했다.

*

설령 아무것도 모른 채 앉았다 해도 가만히 이야기를 듣
고 있으니 저절로 대화 내용은 이해할 수 있었다.

이번 비밀회의는 동쪽에 위치한 이대륙 통일 국가에 각
국이 어떻게 대응할 것인지 서로 의논하는 자리인 듯했다.

──듣자 하니 이대륙 군항에서 대함대가 출격했다는
정보가 있었다고.

대륙이 통일되어 대규모 반란도 없는 상태에서 대함대
가 출격할 이유를 생각해보면 가장 유력한 건 다른 대륙으
로의 침공이겠지.

즉, 그들은 이곳을 공격하려는 건 아닌지 걱정하며 내
눈앞에서 제각기 떠들고 의견을 교환하고 있었다.

"──하지만 지금까지 이대륙의 침공은 없었지 않나……."

"그렇지. 하지만 지금은 오리할콘이 있으니……."

"오리할콘을 위해서라면 마수의 위험성을 감수하고서라
도 이대륙까지 공격할 가치는 충분히 있다는 것인가……!"

"게다가 녀석들은 이제 막 나라를 통일했으니 과잉된 전
력을 발산할 장소도 필요하겠지……."

"하지만 녀석들이 어디서 오리할콘에 대해……?"

"어딘가의 어리석은 나라가 팔아치운 것 아닌가……?"

"즉 녀석들이 노리는 건……."

"그 경우 공격할 거라고 생각되는 포인트는……."

──과연.

이야기를 들으면 들을수록 나의 변경백령이 공격받는 미래밖에 보이지 않았다.

토코 씨가 날 데리고 올 이유가 있었다는 걸 납득했다.

하지만 굳이 유력국 국왕들이 비밀리에 모여 의논할 일도 아닌 것 같긴 한데.

게다가 왠지 계속 모두가 날 힐끔힐끔 쳐다보고 있는 것 같잖아……?

"이런."

『?!』

산만해진 순간 들고 있던 펜을 놓치고 말았다.

눈에 띄지 않도록 몰래 주워들자.

웬일인지 모두가 다 같이 날 응시하고 있었다.

이제 와서 할 말도 아니지만 다들 유력국의 국왕. 압박감이 장난 아니라는 뜻이다.

"저기, 무슨……?"

『…….』

국왕들은 아무 일도 없었던 것처럼 의논을 재개했다.

하지만 방금 그건 대체 뭐였을까.

서로 이야기를 나누는 왕들도 있고 그렇게까지 엄격한 회의는 아닌 것 같은데.

난 다시 정신을 차리고 책상 위에 준비되어 있던 쿠키를 들었고.

"앗."

『──?!』

무심코 손이 미끄러져 쿠키가 바닥에 떨어지고 말았다.

아깝다고 생각하면서 시선을 떨구고 쿠키를 주워 고개를 들었을 때,

『…….』

"……저기?"

또다시 모두가 엄청 주목하고 있었다.

이럴 때 어떤 얼굴을 해야 좋을지 알 수 없었는데.

"자, 자. 스즈하 오빠, 잠시 이쪽으로 와봐."

"토코 씨?"

"다들 스즈하 오빠를 주목하고 있으니까 스즈하 오빠가 조금만 움직여도 회의가 중단되고 집중력도 떨어지는 거야. 그럼 사회자인 내 옆에 있는 게 훨씬 낫겠지. 그러니까 이동해!"

"네? 하지만 그쪽은 상석인데……."

"됐으니까 빨리 와!"

"아, 네!"

……그런 이유로.

그 이후 난 여러 나라의 왕들을 제치고 상석에서 토코 씨의 이야기를 듣는 고달픈 고행을 체험하게 되었다.

참고로 토코 씨의 기념식은 무사히 끝났습니다.

아니, 난 계속 토코 씨 옆에 있었던 것뿐이지만.

7 (토코 시점)

늦은 밤 사쿠라기 공작 저택.

여왕 즉위 1주년 기념식도 무사히 끝나고 여러 나라의 VIP들이나 스즈하 오빠 일행도 돌아가 겨우 차분해진 토코는 마중 나온 공작을 상대로 그 비밀회의의 전말을 알렸다. 가장 필요한 사항은 사전에 이야기해뒀기에 잡담과 비슷하긴 했지만.

"──정말 다들 필사적이었어. 스즈하 오빠의 흥미를 끌고 싶어서 참나! 보면서 웃음이 나올 뻔했다니까."

"그건 그렇겠지."

"다들 권력에 복종하지 않는 상대는 스즈하 오빠가 처음이었으니까 어떻게 해야 좋을지 모르더라고. 그래서 스즈하 오빠를 힐끔힐끔 보면서 필사적으로 유능하다는 어필을 했지만 스즈하 오빠는 전혀 몰랐다는 게 또 웃겨서!"

유력국의 정상들만 참가를 허락받고 그 이외에는 동석조차 허락되지 않는, 정말이지 대륙의 앞날을 결정할 정상회의.

그런 회의에 스즈하 오빠를 동석시키라며 토코 외의 모두가 만장일치로 요구했을 때 토코는 한 가지 조건을 걸었다.

그게 새치기 금지.

각국의 왕들이 일제히 말을 걸면 수습하기 힘들 테니 스즈하 오빠가 먼저 말을 걸 때까지 얌전히 있을 것. 그게 토코가 내건 조건.

각국의 왕들은 자만하고 있었다. 이러니저러니 해도 본인은 틀림없이 흥미를 끌게 할 수 있을 거라고. 적어도 국왕인 자신에게 인사 정도는 해줄 거라고.

하지만 토코는 알고 있었다.

스즈하 오빠는 절대 본인이 먼저 타국의 왕들에게 말을 걸지 않을 거라는 걸.

"분명 스즈하 오빠의 인식 속에서 본인은 평범한 서민이고 상대는 국왕들이니까 실수하지 않도록 돌멩이처럼 얌전히 있을 수밖에 없다고 생각했겠지."

"이상한 이야기군. 그 남자의 가치는 다이아몬드보다도 훨씬 높은데."

"그러게. 뭐, 그런 부분에서 자각이 없는 것도 스즈하 오빠의 매력이지만!"

"애초에 가치가 없는 남자가 그런 거물들만 참석하는 회의에 초대될 리가 없잖나. 나조차 참가는커녕 실내에 들어가는 것조차 허락되지 않는데."

"아마 당사자니까 불렀다고 생각한 거 아닐까?"

"당사자? ……아아, 당연히 오리할콘을 노릴 거라는 그 이야기 말인가."

"그래, 맞아."

동쪽 대륙의 통일 국가가 이 대륙과 침략 전쟁을 벌이려고 한다면, 목적은 틀림없이 오리할콘이겠지.

그건 톱클래스의 공통 견해라기보다는 이미 상식이라고 할 수 있었다.

지배는커녕 대륙 간엔 교역할 메리트조차 전무하다는 건 주지의 사실. 하지만 그 상식이 스즈하 오빠에 의해 갑자기 깨져버린 것이다.

"오리할콘을 방어하기 위해 어떻게 할지 오랫동안 이야기를 나눴지만 결국 본인들의 군대를 보내고 싶다는 이야기로 끝났어. 아니면 마도사 군단? 뭐, 어느 쪽이든 똑같겠지만."

"메리트가 충분하니까."

"스즈하 오빠에게 생색도 낼 수 있고 변경백령의 군사나 오리할콘 기밀 정보도 조금은 알 수 있으니."

"게다가 그 남자에겐 여기사 학원의 분교도 있지."

"그래…… 너무 입학 레벨이 높아서 앞으로 대륙 톱 엘리트 군인을 양성할 중심 기관이 될 게 틀림없다고 평가하는 모양이야. 스즈하 오빠에게 돌아가는 사정을 들은 나로서는 실소밖에 나오지 않지만."

토코가 들은 바로는 분교 입학시험은 스즈하의 오빠의 실수였지만, 그 사실을 아는 국왕은 한 명도 없었다.

"그야 그런 착각을 한다면 조금이라도 변경백령 분교에 정예를 보내고 싶잖아? 게다가 결과적으로는 잘못도 아니었고."

"그래. 그 남자의 의도가 어떻든 결과적으로 그렇게 된 건 확정 사항이지."

참고로 분교에 유일하게 학생을 보낸 웬타스 공국 여대공은 엄청 높은 평가를 받았다. 그게 어느 정도냐 하면 로엔그린 변경백령 침공 실패와 캐런두령의 반란으로 크게 떨어졌던 각국 왕들의 평가를 원래 상태 이상으로 되돌렸을 정도였다.

그때 문득 토코가 무슨 생각이 떠오른 듯 말했다.

"맞다. 공작은 알고 있었어?"

"뭘?"

"나의 즉위 1주년 기념식은 애초에 그 회의를 열기 위해 모일 구실이었다는 거. 절대 공공연하게 밝힐 순 없지만."

"뭐라고?!"

역시 놀란 듯 공작은 눈을 크게 뜨게 떴지만 이윽고,

"……그런가. 즉위 1주년 기념식이라면서 1년에 딱 맞춰 열지 않았던 건 그런 이유가 있었기 때문인가. 부자연스럽다고는 생각했었네."

"그런 거지."

"기념식 후 댄스파티를 열지 않았던 이유도 그것인가."

"반은 그렇지. 나머지 반은 준비할 시간이 없었기 때문이지만."

일정이 정해진 이후로는 준비하느라 야단법석이었다.

그렇지 않았다면 아무리 토코라 해도 스즈하 오빠를 납치하듯 데리고 오진 않았을 것이다. 응, 안 했을 거야. 아마.

토코가 그런 생각을 하고 있는데 공작이 물었다.

"그래서 그 남자는 뭐라고 했나?"

"뭐라니?"

"이대륙의 대함대가 공격하면 어떻게 할지."

"아──. 그거 말이지……."

토코가 회의 상황을 떠올리다 쓴웃음을 지었다.

"스즈하 오빠는 전혀 감을 못 잡는 것 같았어."

"그 남자는 군대 출신이 아니니까."

"맞아. 그래서 군선 같은 걸 본 적 없는 것도 있겠지만. 그래서 내가 열심히 설명했지. 마수와 싸워도 견딜 수 있도록 철판으로 외관을 덮고 있다고. 먼 바다에는 마수가 있으니까."

"그런가."

"그랬더니 스즈하 오빠가 뭐라고 했는지 알아?"

"전혀 모르겠군."

"마수에게 공격받은 정도로 구멍이 뚫린다면 전쟁에선 쓸모가 없을 거래."

"……."

솔직히 그 말을 들었을 때 국왕들의 얼굴은 볼만했다.

오죽하면 스즈하 오빠에게 익숙했던 토코조차 깜짝 놀라 말이 나오지 않았을 정도.

토코의 설명에 공작이 머리를 감싸 쥐었고,

"아니, 분명 외양(外洋)용 선박에는 마수 대책으로 보강이되어 있지만……그건 없는 것보다 나은 그런 것 아닌가?"

"보통은 그렇지. 하지만 스즈하 오빠는 마수가 아무리 공격해도 상처 하나 없을 정도로 튼튼한 게 전쟁에서 사용되는 최소한의 라인이라고 생각하니까."

"그런 배가 있으면 무적이겠지……."

"완벽한 작전이지. 일반적으로 불가능하다는 걸 제쳐둔다면."

"그걸 들은 모두가 의기소침해져서. 그때까지 열심히 변경백령에 군대를 보내 아첨하려던 국왕들이 모두 포기 모드에 들어가 버렸어."

"……전력에 불안이 없다는 건 좋은 일 아닌가."

"뭐, 그건 그렇지, 스즈하 오빠니까."

그 이후로도 몇 가지 걱정거리를 의논했다.

날짜가 바뀌고 얼마 뒤, 드디어 회합은 막을 내렸다.

*

그리고 보름 정도 지난 어느 날.

이대륙 천제가 토코 여왕에게 선전포고를 했다.

4장 무사도라는 것은 죽음을 아는 것이다

1

그날도 평소처럼 스즈하 일행과 저녁을 먹고 있는데 아무런 예고도 없이 갑자기 토코 씨와 사쿠라기 공작이 나타났다.

예고도 없이 두 사람이 찾아온 건 처음 있는 일인 데다, 사용하기 아주 힘든 마도구로 이동해 왔다.

그렇다면 긴급 사태임이 틀림없었다.

난 침을 꿀꺽 삼키며 토코 씨의 말을 기다렸다──!

"오오. 오늘 저녁은 무즙을 곁들인 햄버그구나."

"그게 먼저인가요?!"

"나도 먹고 싶은데, 스즈하 오빠?"

"내 몫도 준비되어 있으면 좋겠군."

……그렇게까지 긴급 사태는 아닌 모양이었다.

원망하는 눈길을 보내는 스즈하와 유즈리하 씨로부터 시선을 피하면서 난 두 사람의 저녁을 준비했다.

남겨둔 햄버그가 줄어드는 건 내 탓이 아니거든요?

저녁을 다 먹고 모두의 배가 가득 찼을 때 토코 씨에게 물었다.

"그래서 대체 무슨 일이십니까?"

"그게 말이지, 동쪽 이대륙에서 전쟁을 선포했어."

"……그건 보통 햄버그를 다 먹기 전에 말하지 않나요?"

"뭐, 정확하게는 항복 권고이긴 하지만. 동쪽 이대륙의 속국이 되어 미스릴과 오리할콘을 전부 넘기라는 내용이니까 선전포고와 똑같지. 곤란한 상황이야."

"그런 것치곤 꽤 침착하신 것 같은데……."

"그야 스즈하 오빠가 없었다면 큰 소란이 일었겠지만, 뭐 지금은 스즈하 오빠도 있고. 질 리가 없다는 그런 느낌?"

"꽤 쉽게 말씀하시네요……?"

시원시원한 토코 씨의 기대가 부담스러웠다.

아니, 변경백인 나에게 어떤 기대를 하고 있는 거야.

"하지만 전쟁이라면 구체적으로 어떤 상황인 건가요?"

"얼마 전에 동쪽 이대륙에서 대함대가 출격했다는 이야기는 했지? 그게 그대로 이쪽으로 달려오고 있대. 앞으로 1, 2주 정도 후에는 도착할 것 같은데."

"목적은 오리할콘이죠?"

"맞아. 그래서 틀림없이 녀석들의 목적은 이 영지일 거야. 아마 그 녀석들은 미스릴과 오리할콘 이외에는 별로 관심이 없을걸."

"과연."

일반적으로 이대륙의 토지를 점령할 메리트는 없다고 알려져 있다.

무역의 거점으로 만든다 해도 대륙 간 교역은 바다의 마수 때문에 성립되지 않는다. 마수 대책으로 매번 군함을 보낼 만한 메리트도 존재하지 않았다.

하지만 그곳에 특산품이 있다면 이야기는 달라진다.

현 상황에선 우리 영지에서만 발견되고 있는 오리할콘 같은.

물론, 현재 오리할콘은 시험 채굴 단계에 있고 유통되지 않기 때문에 교역 거점으로 삼는다는 것도 말이 되지 않는다.

어차피 전쟁을 걸었다면 오리할콘을 목표로 일직선으로 공격하는 게 가장 효율이 좋겠지.

난 창밖으로 보이는 여기사 학원 분교를 가리켰다.

"뭐, 평범하게 생각하면 저쪽 저장고에 있는 오리할콘을 노리겠군요."

"그렇겠지. 하지만 정면으로 뺏으러 올 것 같진 않아."

"무슨 뜻이죠?"

"내가 그 녀석들이었다면 스즈하 오빠를 전선까지 유인한 틈에 훔치려고 할걸. 일부러 내륙까지 대군을 이끌고 쳐들어오는 것도 귀찮잖아?"

"그건 그렇겠군요."

"뭐, 그 이전에 나였다면 스즈하 오빠에게 싸움을 거는 그런 무시무시한 짓은 절대로 사양하겠지만!"

"절 뭐라고 생각하시는 거예요……?"

여러 가지로 추궁하고 싶은 부분이 많은데.

유즈리하 씨가 고개를 갸웃거리며 물었다.

"저기, 토코. 먼저 확인하고 싶은데 왕도에서 병사들은 올 수 있어?"

"음. 그거 말인데, 미안하지만 여기 있는 인원들로만 싸우면 안 될까? 특히 스즈하 오빠가 엄청나게 활약해줬으면 좋겠어."

"네? 그게 무슨 뜻인가요?"

물론 변경백령을 노리는 이상 내가 싸우는 건 당연한 이치겠지만.

엄청나게 활약해달라는 건 대체……?

그런 나의 의문에 토코 씨가 선뜻 답했다.

"스즈하 오빠가 동쪽 이대륙에서도 굉장히 화제가 되고 있대. 듣자 하니 왕대인이라는 이름으로."

"네에?!"

"실은 이대륙 천제의 친동생과 연락을 주고받았는데 그쪽은 온건파였어. 그 녀석들이 정권을 탈환할 때 왕대인으로서 유명한 스즈하 오빠가 화려하게 물리쳐주는 게 권력을 인계하기 쉽다더라고."

"역시 대단해요, 오빠! 이대륙에서도 인기가 많군요!"

"후훗, 나의 파트너는 바다 건너에서도 명성을 떨치는 건가…… 뭐, 당연하긴 하지만."

스즈하와 유즈리하 씨가 의미 불명의 감상을 늘어놓았지만 그걸 듣고 있을 때가 아니었다.

"아주 과장되고 과잉 각색된 수치심 백점만점 수수께끼 같은 저의 영웅담이 이대륙 안에서 퍼지고 있다는 뜻인가요……?!"

"과장과 과잉 각색 부분은 개인의 감상에 따라 다르겠지만 뭐, 그렇지."

"우와……."

"일단 저쪽에서는 전설의 인물이라고 인식하고 있으니까 스즈하 오빠의 이름은 알려지지 않았어. 뭐, 알려지는 것도 시간문제겠지만."

"아무런 위로도 안 되거든요?!"

어떻게 된 일이지?

난 나도 모르는 사이에 이대륙에서 전설적인 영웅이 되어 있었던 모양이다.

전쟁이고 뭐고 하는 것보다 더 충격적이었다.

2 (토코 시점)

늦은 밤, 도심 변두리에 있는 술집.

문 닫은 가게를 몸을 숨기듯 걸어온 남녀 2인조가 두들겼다.

환락가 뒷골목을 걷기에는 좀 이상한 조합의 2인조라 할 수 있었다. 얼핏 보기에 부모 자식 정도로 나이 차이가 났으니까.

남자는 어쩐지 높은 신분인 듯한 분위기를 풍겼고 젊은
여자는 말도 안 되게 가슴이 큰 편이었는데, 두 사람 모두
외투로 얼굴을 가리고 있었다.

 그 가려진 맨얼굴을 만약 볼 만한 사람이 봤다면 왜 이
런 장소에 두 사람이 있는지 말이 막혔겠지.

 남자는 드로셀마이엘 왕국의 중진, 사쿠라기 공작.

 그리고 여자는 드로셀마이엘 왕국의 정점, 토코 여왕.

 문 너머에서 암호를 물었고 토코가 막힘없이 대답했다.

 "들장미."

 "……들어오십시오."

 열린 문틈으로 몸을 밀어 넣고 안으로 들어가자 그곳에
있던 건 동쪽 이대륙에서 자주 볼 수 있는 풍모의, 이곳에
서는 보기 드문 얼굴을 한 남자.

 얼핏 보기엔 변두리 술집의 바텐더, 본모습은 동쪽 대륙
의 간첩으로 대륙을 통일한 천제의 친동생인 남자였다.

 "잘 오셨습니다. 이런 변경의 술집까지 일부러."

 간첩이 두 사람에게 와인 잔을 건네자 공작이 흥미 없다
는 듯 받아들었다.

 "흥, 그렇지도 않네. 온 김에 현안도 처리했으니까."

 "현안 말입니까?"

 "그 남자가 직접 만든 햄버그를 오랜만에 맛봤지."

 "그건……?"

 간첩은 잠시 고개를 갸웃거렸지만 그 이상의 설명은 없

을 것 같다는 걸 이해하고는 다시 두 사람을 향해 깊게 고개를 숙이며 인사했다.

"편지는 몇 번인가 주고받았지만 이렇게 뵙는 건 처음이지요. 어쨌든 이번에는 저희 어리석은 형이 폐를 끼치게 됐습니다."

"뭐, 그렇지."

토코가 받은 편지에 의하면 이 사람은 원래 정식 무대에서 물러나 변경에서 일개 시민으로 지내려고 했었다.

형과 대립한 결과 유배를 가게 됐지만 원망하는 마음은 그렇게까지 없었다고 한다.

하지만 오리할콘이 발견됐다는 소문이 퍼진 이후 사태가 급변했다.

이 남자는 현재 일반인인 데다 스파이로서는 삼류라 그 소문이 정말인지 어떤지는 몰랐다. 하지만 그런 간첩에게도 동향인을 통해 전해 듣는 정보가 있었다.

"멍청한 형도 참, 이곳과 전쟁을 벌이는 바보 같은 짓을……."

"뭐, 우리가 볼 땐 진짜 그렇긴 해."

토코가 쓴웃음을 지으며 대답했다.

물론 토코라 해서 눈앞에 간첩이 천제의 친동생이라는 걸 쉽게 믿은 건 아니었다. 처음 편지를 받은 후 토코는 다양한 방법으로 정보의 진위를 확인했다.

그리고 이대륙 사람들에 대한 탐문이나 문헌 조사는 물론 자신의 신분 증명을 위해 동봉된 반지도 철저하게 해석한 결과, 우선 진짜이며 결코 틀린 게 아니라는 걸 확신했다.

그리고 동시에 친동생은 이 대륙에 살아 이곳 사정에 밝고 온건파이며 동쪽 대륙에 아직 많은 지지자들이 있었다.

따라서 천제를 배제했을 때 후계 권력자가 될 가장 유력한 후보자로 간주됐다.

그렇기에 토코와 사쿠라기 공작이 몰래 직접 회담하러 찾아온 것이었다.

"뭐, 당신도 힘들었던 것 같군. 형제끼리 권력 투쟁을 벌이는 일은 자주 있지만. 나도 멍청한 오빠들 때문에 죽을 뻔했고."

"반대로 지금은 편하게 살고 있습니다. ……멍청한 형 때문에 이렇게 주제넘게 나서게 됐지만요."

"이 세상은 그런 법이야. 오히려 이렇게 된 이상 쉴 새 없이 일하게 되겠지. 그런 점에서 잘 부탁해!"

"선처를 부탁합니다…… 뭐, 아직 대륙 녀석들이 절 기억하고 있을지는 의문입니다만."

"뭐, 그건 기대하고 있을게."

무심하게 대답하는 토코였지만 그 부분은 가장 꼼꼼하게 확인한 부분이었다.

사쿠라기 공작이 크흠 헛기침을 하며,

"두 사람 다. 잡담할 시간이 없을 텐데?"

"그렇지. 아침에는 스즈하 오빠에게로 돌아가야 하니까."

대륙의 지도를 테이블에 펼쳐놓고 셋이 함께 토의를 시작했다.

이대륙의 대함대가 목표로 할 정박 포인트는 어디인가.

병력은 어느 정도며 식량은 어느 정도 갖고 있는가.

군선에 대해 알고 있는 만큼의 스펙과 공격력이 어느 정도인가.

토코도 어느 정도는 알아냈지만 그래도 이대륙의 군사 작전을 친히 알고 있는 간첩과 토의하면서 보다 정밀도가 높아졌다.

그리고.

오리할콘을 손에 넣기 위해 어떠한 수단을 강구할 것인가.

"——멍청한 형 입장에선 본인이 지휘하는 군대로 오리할콘을 멋지게 빼앗는 형태가 최상의 스토리겠죠."

"직접 선봉에 서는 스타일이라는 뜻이야?"

"그렇지 않으면 동쪽 대륙의 무예가들은 본인들의 우두머리로 인정하지 않습니다."

"……그렇다고 일부러 이대륙까지 올 건 없을 것 같은데?"

"그 바보 같은 형은 검호 츠바키에게 무용을 맡겼다는 험담을 불식시키고 싶을 테니까요."

그 이후 남자가 설명한 내용에 따르면.

동쪽 대륙의 통일 전쟁에서는 항상 츠바키라는 이름의 천재 글래머 미소녀 무예가가 선봉에 있었고 마치 귀신처럼 적을 쓰러뜨렸다고 한다.

천제도 일류 무사이긴 했지만 츠바키는 동쪽 대륙에 견줄 존재가 없을 정도의 천재로서 게다가 복잡한 사정을 가진 요도까지 자유자재로 다루는 상황이었다. 비교 상대가 너무 안 좋았다.

그렇기에 대륙 통일이 진행됨에 따라 츠바키에 대한 천제의 태도는 점점 나빠졌다. 틀림없이 질투겠지.

츠바키가 기본적으로 싸움 이외에 흥미를 갖지 않는다는 것도 그 태도에 박차를 가했다.

그리고 동쪽 대륙이 통일되고 얼마 후 츠바키는 이대륙 조사를 명받았다.

그건 옆에서 보기엔 허울 좋은 추방으로밖에 보이지 않았다.

"그러니 형은 꽤 무리를 해서라도 선두에서 진격할 겁니다. 그리고 본인의 무용을 안팎으로 퍼트리려고 하겠죠."

"그래……?"

토코가 얻은 정보에 천제가 직접 출진했다는 것도 있어 역시 오보가 아닐까 의심하고 있었는데.

그 이야기를 듣고 보니 아무래도 진짜 같았다.

"그런데 친동생인 당신은 어째서 우리에게 접근한 거야? 내가 보기엔 권력을 빼앗고 싶다거나 본인의 권력을 되찾고 싶어 하는 스타일도 아닌 것 같은데? 온건파라는 건 알지만."

스즈하의 오빠를 직접 아는 본인들이라면 어느 쪽이 이

길지는 명백했다.

하지만 만약 스즈하의 오빠가 없다면 지리적 이점을 가미해도 승패가 어떻게 될진 결론 내기 힘들었다. 정보에 의하면 상대도 그 정도의 전력은 갖고 있었다.

아니, 이 남자 입장에선 솔직히 말해 그냥 내버려 둬도 될 텐데.

그런 토코의 아주 솔직한 의문에 상대가 무심코 쓴웃음을 지었다.

"이래 봬도 고향을 사랑하는 마음은 있으니까요. 아무리 바보 같은 형이나 그 군대라고 해도 엉망으로 얻어맞는 건 뒷맛이 씁쓸할 테니까."

"흐음."

"게다가 그래도 막지 못하고 전쟁이 벌어졌을 때를 생각하면 사전에 그쪽에 이야기를 해놓는 게 낫겠죠."

토코가 수긍했다.

정전 시에 처음부터 화평을 주장했던 인간이 중개를 하는 그런 일은 자주 있었다. 내통했다거나 그런 건 둘째 치고.

게다가 엉망으로 당하는 모습을 보기 싫다는 것도 진심이겠지.

그걸 위해 본인에게 이익이 되지 않는 정식 무대에 서는 걸 보면 아마 호인일 것이다. 정쟁에선 밀리겠지만 타인에겐 사랑받는 타입이었다.

그리고 토코에겐 또 한 가지 확인하고 싶은 게 있었다.

"하지만 동쪽 대륙군이 전쟁에 이길지도 모르잖아?"

──여기까지 듣고 동쪽 이대륙에 흘러나간 정보가 왜 곡됐다는 걸 알 수 있었다.

우선 전제로서 스즈하 오빠의 정보가 정확하게 전해졌다면 전쟁 따위 절대 하지 않았을 것이다. 즉 전해지지 않았다.

하지만 오리할콘이나 스즈하 오빠가 미화된 모험담은 전해졌다.

그렇다면 정보원의 한 명인 이 사람은 뭘 어디까지 알고 있을까.

토코가 직접 만나 이야기하고 싶었던 이유 중 하나는 바로 그런 점에 있었다.

하지만 남자는 그런 토코의 숨은 의도는 전혀 모르는 듯한 얼굴로 고개를 옆으로 저었다.

"아뇨, 못 이기겠죠."

"왜 그렇게 생각해?"

"이유는 단 하나입니다. ──이 대륙에는 터무니없이 강한 사람들이 흔하다는 걸 알고 있으니까요."

"흐음?"

"아까 말했던 검호 츠바키 말입니다만, 지금은 이 대륙에 있습니다. 저쪽 대륙에서는 적이 없었던 츠바키였지만 이곳에서는 너무 쉽게 패배했죠. 게다가 어디에나 있는 민간인을 상대로."

"흐음. 어떤 상대였어?"

"츠바키 말에 의하면 겉보기엔 그저 그런 오빠 느낌의 청년이라는데요. 하지만 츠바키보다 훨씬 강하다더군요. 그 오빠를 쓰러뜨리는 것이야말로 지금 자신의 목표라고 씩씩거렸습니다."

"흐음."

과연, 스즈하 오빠에 대해선 소문 수준으로밖에 모르는 듯했다.

그리고 그런 스즈하 오빠 같은 남자가 그 이외에도 있구나──라고 감탄하고 있는데.

"듣자 하니 평소엔 여기사 학원 분교에서 잡초를 뽑는다더군요."

"……뭐?"

"자세한 건 못 들었지만 아무래도 좌천되었다는데. 처음 일방적으로 당했을 때는 성에서 서류 업무를 하고 있었다고 했습니다."

"흐, 흠……?"

"그리고 최근 서민학 야외 학습에서 마수를 한 방에 쓰러뜨렸다더군요."

"……아, 그래……?"

틀림없었다.

그런 자칭 서민은 이 대륙에 한 명밖에 없었다. 분명히.

"참고로 그 사람 이름은 들었어……?"

"츠바키에게선 좌천된 잡초 뽑기남이라고밖에…… 하지만 좋은 사람이고 상당히 우수한 모양이니 기회가 있다면 등용하는 것도 좋을 것 같습니다."

응, 알아.

오히려 이미 등용하고 있어, 이 영지의 변경백으로.

아까부터 옆에서 사쿠라기 공작이 무뚝뚝한 얼굴로 듣고 있었지만 저건 속으로 폭소하고 있는 모습이라는 걸 오래 알고 지낸 토코는 알 수 있었다. 왜냐하면 양쪽 어깨가 알기 쉽게 위아래로 들썩이고 있었으니까.

"……왜 그러십니까……?"

"아, 아니! 아무것도 아니야! 유용한 정보 고마워!"

설마 그 좌천된 잡초 뽑기남이 이대륙에서 소문난 왕대인이라고 말하는 것도 좀 꺼려져서 기세 좋게 얼버무리는 토코였다.

남자는 이상한 표정을 지었지만 그것도 잠시.

"그러니까 뭐, 일단은 제가 설득할 생각입니다. 하지만 그게 먹히지 않는다면 멍청한 형은 틀림없이 참패하겠죠. 도중에 물러나는 건 절대 못 하는 타입이니까. 굳이 말하자면 승리냐 할복이냐 둘 중 하나를 택하는 타입입니다."

"어느 나라나 멍청한 톱은 그렇구나……."

"때를 잘 만난다면 강할 텐데. 그러니까 그때는 제가 어떻게든 만회할 생각입니다. 물론 멍청한 형의 손에 죽지 않는다면."

요컨대 패전 후에는 도망가지 않고 민폐도 끼치지 않을 테니까 그에 상응하는 조치를 취해달라고 타진하고 있었다.

이렇게 이해가 빠른 상대는 토코도 싫지 않았다.

"알겠어. 그럼 그런 방향으로."

"네. ……반복해서 죄송합니다만 아무쪼록 왕대인이 전면에 나서서 멍청한 형을 때려눕혀 주신다면 감사하겠습니다."

"그건 이미 전했는데. 꽤 집착하는 것 같네."

"그래도 형이니까요. 마지막으로 유일한 패배를 이곳의 『전설』이 새겨줬으면 좋겠습니다. 그렇게 된다면 대륙 녀석들도 패배를 받아들이기 쉽겠죠."

"그런가."

아무래도 자신과는 달리 형제 사이는 나름대로 양호한 듯했다. 적어도 한쪽만 봤을 땐.

그 이후 토코와 사쿠라기 공작은 세세한 부분을 새벽까지 계속 확인했다.

3

겨우 시간을 내 여기사 학원 분교로 향했다.

나의 목적은 츠바키로, 동쪽 대륙의 군대 사정을 듣고 싶은 이유가 하나.

또 하나는 이번 전쟁에 대해 어떻게 생각하는지 묻는 것이었다.

만약 동쪽 대륙의 군대에 참가하고 싶다고 한다면 어떻게 할지 고민도 됐다.

츠바키는 이대륙에서는 전쟁에 출전한 것 같지만 이번 싸움 상대는 우리라서 솔직히 싸우고 싶지 않았다.

가능하면 분교에 얌전히 있어 줬으면 좋겠는데.

바로 건물 밖에서 멍하니 하늘을 바라보는 소녀를 발견하고 말을 걸었다.

"츠바키."

"……으음. 오랜만이야. 벌써 잡초가 무성해."

"그렇게 많이 자라진 않았잖아. 날 잡초 뽑기 담당 취급하지 말아 줄래?"

뭐, 잡초 뽑기가 딱히 싫은 건 아니었지만.

"무슨 일이지? 소생을 체포하려고?"

"아니야. 전쟁 상대 국가 출신이라고 체포하다니."

뭐, 파괴 활동 예방을 위해 그런 짓을 하는 나라도 있지만.

내가 그런 이야기를 하자 츠바키는 단호하게 부정했다.

"무사는 그렇게 비겁한 짓은 안 한다. 그런 짓은 닌자가 하지."

뭐, 나도 츠바키가 그런 치밀한 행동을 할 수 있을 거라 생각하진 않았다.

"츠바키도 들었지? 동쪽 대륙 군대가 여길 공격하러 온다고. 그래서 츠바키의 이야기를 들으러 왔어."

"그럴 필요 없어. 그 녀석들의 군대는 소생 혼자 해치울 수 있을 정도니까 너만 있으면 이길 거다."

"……그 말만 들으면 꽤 약할 것 같은데?"

"여기 사람들이 매우 드물게 너무 강하니까. 버그라고도 할 수 있지."

참고로 버그라는 건 벌레를 뜻하는데 주문을 외울 때 벌레가 날아와 실패한 사건에서 이름 붙여졌다고 한다.

"──뭐, 하지만 그대에겐 감사하고 있다."

그 담백한 말투에 난 왠지 안 좋은 예감이 들었다.

"그대는 소생에게 뛰는 놈 위에 나는 놈이 있다는 걸 알려준 첫 인간이야. 그러니까 한 번 제대로 인사를 하고 싶었어."

"……왜 지금?"

"소생은 멍청이의 뒤처리를 하러 가게 됐으니까."

"멍청이?"

"이 대륙에서 소생과 유일하게 교류를 나눴던 동향인. 삼류 검쟁이 간첩이지."

"스파이가 있다는 건 다른 사람에게 말하지 않는 게 좋지 않을까……?"

이래 봬도 난 변경백이니까? 그러고 보니 츠바키에게는 말하지 않았지만.

뭐, 그건 그렇다 치고 왜 츠바키가 아련한 눈을 하고 있는지 물어보려는데.

"――혹시 아나? 동쪽 대륙에는 가택연금이라는 관행이 있어."

"그게 뭐야? 난 처음 들어."

"간언해도 주인의 행실이 개선되지 않는 경우, 강제로 은거하게 만들지. 그게 가택 연금이다."

"……."

사정을 모르는 내가 들어도 그게 목숨이 걸린 일이라는 건 쉽게 상상할 수 있었다.

"그 바보는 옛날, 친형에게 부주의한 간언을 한 탓에 사이가 삐걱거리게 됐고 그 결과 이대륙으로 유배를 가게 됐지. 그 이후 주군에게 간언하는 사람은 사라졌고 누구의 말도 듣지 않고 폭주한 결과 이번 이대륙 원정이 시작된 거야. 어쩔 수 없는 일이지."

그래서 마지막으로 한 번 더 간언해보고 그게 안 먹힌다면 결국 연금이 될 거라고 츠바키는 말했다.

"하지만 그건 굉장히 위험한 일 아냐……?"

"무사도라는 것은 죽음을 아는 것."

조용히 말을 이어나가던 츠바키는 이미 죽음을 각오하고 있는 듯했다.

그래서 난 주제 넘는다는 걸 알면서 말했다.

"나도 함께 갈게."

"안 돼."

츠바키가 단호하게 고개를 가로저었다.

"이건 소생의 고향 문제다. 그러니까 이대륙인이 나설 자리는 없어."

"그래?"

츠바키가 대등한 존재로 있으려 한다는 걸 알 수 있었다.

그건 나의 비호 아래에서 함께하는 스즈하와는 달랐다.

날 파트너라고 말하는 유즈리하 씨와도 달랐다.

여왕으로서 날 중요한 조각으로 봐주는 토코 씨와도 달랐지만.

그래도 여동생보다 작은 소녀가 열심히 허세를 부리고.

말끝이 살짝 떨리면서도 그런 사실을 전혀 모르는 척하면서.

그런 식으로 목숨 걸고 자립하려는 모습에, 난 굉장히 호감이 갔다. 그래서.

"저기, 츠바키. 한 가지만 약속해."

"뭐지?"

"간단한 일이야. 츠바키가 곤란해져서 만약 도움이 필요해지면 언제 어디서든 상관없으니까—— 반드시 나에게 도움을 요청할 것. 알겠지?"

"……그래. 무사로서 약속하지."

물론 내가 도와줄 수 있을 거란 보증 따위 어디에도 없었지만.

그래도 이렇게 대등해지려는 츠바키가 도움을 구한 그 때는.

할 수 있는 한 도와주고 싶다고 강하게 생각했다.

다음 날, 츠바키는 여기사 학원 분교 기숙사에서 모습을 감췄다.

배게 머리맡에는 내가 빌려줬던 요도, 무라마사 블레이드가 놓여 있었고.

츠바키가 결사의 각오를 했다는 걸 새삼스럽게 깨달았다.

4

이대륙에서 출발한 대함대가 예전 캐런두령 항구 마을 근해에 집결했다는 정보가 들어왔다. 캐런두령은 이전에 나의 변경백령과 전쟁을 벌였던 영주의 토지로 현재는 완벽하게 흡수되어 변경백령의 일부가 되어 있었다.

평소라면 요격하기 위해 항구 마을로 나갔을 것이다.

하지만 토코 씨의 정보에 따라 적국의 목표는 오리할콘이라는 걸 알고 있었다. 그리고 오리할콘 저장고는 도심의 여기사 학원 분교에 있었다.

그래서 우리는 과장되게 이동하는 척하고 몰래 분교 건물 내부로 되돌아왔다.

그리고 아니나 다를까.

그 후 며칠도 지나지 않았을 무렵, 적이 습격했다.

*

날씨가 흐려 별빛이 전혀 비치지 않는 밤이었다.

여기사 학원 분교는 사방팔방이 낭떠러지로 된 바위산 정상에 있었다.

즉 분교에 있는 오리할콘 저장고까지 도착하려면 마을과 유일하게 연결된 곤돌라를 이용하든가 낭떠러지를 천 미터 이상 기어오르든가, 아니면 날아올 수밖에 없다는 것이다.

나라면 어떤 방법을 택할지 생각했을 때, 곤돌라와 연결된 로프를 사용하면 침입 경로를 너무 알기 쉽고 떨어지지 않고 날아올 방법도 딱히 떠오르지 않았다.

그래서 메인 침입 경로는 절벽일 거라고 주시하고 있었다.

"──왔군."

언뜻 보기엔 이미 절벽을 반 정도 올라왔을까.

대부분의 사람이라면 몇 미터도 올라오지 못할 수직의 절벽을 성큼성큼 올라오고 있었다.

인원은 전부 다 합쳐서 20명 정도.

다들 새까만 복장으로 몸을 휘감아 능숙하게 어둠에 녹아들어 있었다.

게다가 거친 절벽 표면과 하나가 되려는 듯 몸을 숨기면서 올라오는 그 솜씨는 대단한 것이라고 감탄했다.

하지만 여기까지 조건을 갖췄다 해도.

여기서 오리할콘을 훔쳐내는 건 좀 불리하다고 생각했다.

"슬슬 시작할까? 스즈하는 곤돌라 쪽을 주의해서 지켜봐."

"알겠습니다, 오빠!"

"유즈리하 씨는 하늘과 날아오는 물건을 경계해주세요."

"그래, 맡겨줘."

"웬타스 공국 인원들은 분담해서 절벽을 기어오르는 다른 사람이 없는지 잘 지켜봐."

『네!』

사전 협의대로 움직이는 모두를 확인하고 난 품에서 고무탄을 꺼냈다.

손가락 정도 크기의 둥근 고무탄.

이 고무탄의 장점은 맞아도 큰 소리가 나지 않는다는 점이었다.

"——으쌰."

손끝으로 조준하고 딱밤을 때리듯 고무탄을 발사했다.

아래 방향을 향해 쏘는 건 어려웠지만 우선은 성공.

고무탄은 내가 노린 대로 제일 뒤에서 올라오던 사람 뺨에 명중했고 소리도 없이 절벽 아래로 떨어뜨렸다.

충격으로 뇌진탕을 일으켰는지 비명조차 지르지 않았다.

"좋아, 우선 한 명."

내가 돌아보자 두 사람이 왠지 겁먹은 모습으로 말했다.

"저기…… 유즈리하 씨, 저건 올라오는 사람은 아무도 눈치 못 챘지만 어느새 한 명 사라진 그런 거죠……?"

"그래, 비명조차 지르지 않았으니까. 뒤를 돌아보니 있어야 할 동료가 어느새 사라진 거잖아. 그리고 뒤를 돌아볼 때마다 한 명씩 사라진다…… 완전 호러네."

"그렇게 말하면 내가 나쁜 유령 같잖아요?"

동요돼 움직임이 흐트러지면 내가 조준하기 힘들어 지니까 한 명씩 떨어뜨리는 것뿐, 결코 나의 취미는 아니었다. 진짜로.

참고로 5백 미터 정도 낙하한 그 끝에는 카나데가 지휘하는 메이드 회수부대가 기다리고 있으니 목숨에 별다른 지장은 없을 것이다.

그 뒤에 기다리고 있는 메이드식 정보 수집에 대해선 책임을 질 수 없지만.

그렇기에 그 이후에도 착실하게 한 명씩 저격했는데—— 아, 드디어 눈치 챘구나.

"흐음, 움직임이 딱 멈췄어. 이제 눈치 챘나 봐."

"7명 남았죠? 오빠."

"20명이 올라왔는데 문득 돌아보니 7명이 되어 있었다…… 이건 꽤 무서운걸?"

"나였으면 오빠만 있다면 몇 명이 줄어들어도 무섭지 않겠지만요."

"동감이야. 반대로 스즈하 오라버니가 사라지면 공황 상태가 될 거라 단언할 수 있어."

"맞아요, 맞아요."

두 사람의 이야기를 무시한 채 가만히 관찰했다.

상대도 필사적으로 여길 찾고 있는 것 같았지만 별빛도 비추지 않는 암흑 속에서 우리의 모습이 보이지 않는 듯 했다.

그들도 이윽고 포기한 것인지 아까보다 속도를 늦춰서 올라오기 시작했다.

그럼 또 한 사람. 푸슈웅.

한 명이 떨어지고 또 한 명을 떨어뜨리려는데 움직임이 멈췄다.

명백하게 동요하고 있었다.

"······왠지 웅성거리는 소리가 들리는 것 같아요, 오빠."

"가도 지옥, 물러서도 지옥이라는 거지. 뭐, 스즈하의 오라버니에게 싸움을 건 이상 당연한 일이겠지만."

"그런 건 아니겠지만······ 저건 어떻게 하는 게 군대적으로 옳은 방법일까요?"

서민학밖에 배우지 않은 내가 후학을 위해 물어보자 유즈리하 씨는 크게 손을 드는 포즈를 취했다.

"모르겠어. 여기서 철수하려 해도 몇백 미터 아래까지 내려가야 하는데. 그렇게까지 해서 철수할 메리트가 있을까?"

"게다가 거기서 매복하고 기다리고 있으니까요, 실제로."

"전부 다 사라지기 전에 끝까지 올라가는 것과 비교하면 어느 쪽이 유리한 도박일까. 뭐, 양쪽 다 희망은 전무하겠지만."

"그야 상대가 오빠니까요."

"그 말은 좀 심하지 않아……?"

결국 그 이후 아무 일도 없었고.

마치 무궁화 꽃이 피었습니다를 반복하듯이 그들이 움직이면 한 명 쏴서 떨어뜨리고 멈춰서 동요하다 다시 움직이면 한 명 쏴서 떨어뜨리고, 그렇게 결국 모두 쏴서 떨어뜨렸다.

마지막엔 왜 한 명씩 쏴서 떨어뜨리는 건지 스스로도 잘 알 수 없게 되었다.

그래도 모두 다 떨어뜨린 후에는 카나데의 메이드 회수 부대가 제대로 처리했을 거라고 한숨 돌리고 있는데.

"오빠, 이번에는 저쪽에 나타난 것 같아요."

"알았어. 그럼 가보자."

"……있잖아. 말이 안 되는 것 같긴 하지만 저장고가 아니라 오리할콘 광맥으로 향한 녀석들은 없겠지?"

"거리적으로 말도 안 되지만 엘프 장로님께는 만약을 위해 주의를 시켰고 우뉴코를 그쪽으로 보냈으니까 괜찮겠죠."

"그래?"

──결국 그 이후 며칠에 걸쳐서.

합계 300명 이상의 침입자를 한 명도 남김없이 붙잡았다.

카나데의 메이드식 정보 수집이 속도를 냈고, 침입자로부터 정보를 끝까지 뽑아낸 결과 이걸로 침입자는 끝이라는 결론에 이르렀다.

"메이드가 볼 땐 틀림없어. 아니라면 야한 벌을 내려도 좋아."

그렇게 수박 크기의 가슴을 쭉 펴고 자신감을 표했기에 변경백령은 아야노 씨에게 맡기고 우리는 이대륙 대함대가 있는 항구 마을로 향했다.

물론 가던 도중 정보 수집도 잊지 않았다.

"실례합니다, 경단 3인분 주세요."

"네, 경단 3인분!"

가다 들른 찻집에서 삼색 경단을 사고 스즈하와 유즈리하 씨에게 하나씩 나눠주면서 경단 가게 주인장에게 말을 물었다.

"사람을 좀 찾고 있거든요. 이 거리를 최근에 지나갔을 텐데요."

"어떤 사람인뎁쇼?"

"남녀 2인조일 텐데. 정말이지 시원찮은 바텐더처럼 생긴 성인 남성과 이대륙의 무예가 차림을 한 엄청 귀여운 미소녀인데 어마어마하게 큰 가슴을 무명천으로 꽉꽉 짓누르고 있을 겁니다."

"틀림없이 그 두 사람이네…… 반나절 전에 봤소!"

"감사합니다."

안심하고 인사를 건넸다.

츠바키 일행과의 거리가 착실하게 좁혀지고 있는 것 같아 일단 안심했다.

"오빠. 후하해허하케히헤호."

"……저기, 스즈하. 입 안에 음식이 가득 있으면 무슨 말을 하는지 알기 힘들어."

내가 그렇게 지적하자 스즈하가 입 안 가득 볼이 미어터지게 넣고 있던 쑥경단을 '우물우물' 씹어 삼키고 말했다.

"츠바키 씨가 무사해서 다행이에요."

"……응. 그래."

내 손에는 츠바키가 아끼던 카타나, 무라마사 블레이드가 쥐어져 있었다.

물론 정말 깜빡하고 두고 간 게 아니라 소유자인 나에게 돌려주겠다는 의지의 표현이겠지만.

그래도 난 츠바키에게 이 칼을 놔두고 간 물건이라며 전해주고 싶었다.

그러니까 꼭 살아서 돌아오라고 전하고 싶었다.

내가 생각하기에…… 그게 강사의 역할인 듯했다.

설령 그게 나 같은 서민학 담당의 쓸모없는 강사라 해도──.

"후후후흥흥호오오오. 후아에후후히?"

"유즈리하 씨까지?"

내가 지적하자 유즈리하 씨는 다람쥐처럼 볼이 미어터지게 입 안에 넣었던 경단을 꿀꺽 삼키고 나에게 꼬치를 향했다.

"이 가게의 찹쌀 경단은 정말 맛있어. 스즈하의 오라버니도 먹어보면 좋겠는데."

그녀는 여기, 여기, 하며 꼬치에 딱 하나 남은 경단을 날 향해 내밀었다.

그런 거라면 감사히 먹어야지.

"그럼 잘 먹겠습니다. ──아음."

"응……?"

"응, 맛있네요. ……응……?"

내가 경단을 입에 넣고 고개를 들자 웬일인지 유즈리하 씨가 미소를 머금은 채 굳어 있었다. 왜 그러지?

그렇게 생각하며 입을 오물거리고 있는데.

"응? 오빠──?! 그, 그건 간접……."

"아, 아아아아아니야아아아!!"

부활한 듯한 유즈리하 씨가 굉장히 사나운 얼굴로 당황하기 시작했다.

"지, 지금 그건 아니야! 지금 스즈하 오라버니의 행동은 결코 간접 키스 같은 게 아니라 그거야, 파트너로서 극히 자연스러운 행동이랄까! 즉, 서로가 서로를 완벽하게 신뢰하고 있기에 일어난 간접 키스로, 그렇다면 이미 두 사람은 혼인신고를 할 수밖에 없는 거 아닐까?! 스즈하의 오라 버니도 그렇게 생각하지?!"

"무슨 말을 하는지 모르겠는데요……?"

단 하나 알게 된 건 그 경단을 먹은 건 잘못이었다는 것.

실수했어.

서민끼린 내민 음식을 먹는 일이 자주 있는데.

"죄송합니다. 유즈리하 씨의 경단이 맛있어 보여서 저도 모르게 먹고 말았어요."

"아, 아니…… 그건 괜찮은데…… 가능하면 나도 먹어줬 으면……."

"유즈리하 씨? 얼굴이 빨개요."

게다가 자각은 못 하는 것 같지만 발언도 드문드문 이상 했다.

혹시 열이라도 있는 걸까?

"죄송합니다, 잠시 실례."

"응? 스즈하 오라버니, 무슨—— 허억?!"

내가 이마를 유즈리하 씨 이마에 대고 열을 재자.

유즈리하 씨는 '푸슈우……' 하고 맥이 빠지는 소리와 함 께 현기증을 일으켜 그 자리에서 쓰러지고 말았다.

다행히 가벼운 일사병 같은 거였기 때문에 찻집에서 간 호하자 바로 부활했다. 웬일인지 스즈하의 눈이 차가웠다.

유즈리하 씨는 그 이후 하루 정도 상태가 좀 이상했다.

공작영애가 무슨 생각을 하는지 잘 모르겠어.

*

빠른 걸음으로 여행할 생각이었지만 결국 츠바키 일행을 따라잡지 못하고 우리는 목적지인 항구 마을에 도착했다.

앞바다 쪽을 둘러보니 확실히 저 멀리 군선이 몇십 척 떠 있는 게 보였다.

"그럼 오빠, 지금부터 어떻게 하실래요?"

"지금부터 난 좀 볼일이 있어."

"볼일이요……?"

묘한 표정을 짓는 스즈하에게 그렇다고만 답하고 말을 이었다.

"그동안 두 사람에게 부탁하고 싶은 게 있는데."

"그래?! 다른 누구도 아닌 파트너의 부탁이니까 뭐든 말해!"

"그럼 유즈리하 씨, 수영복 좀 사주세요. 저랑 두 사람 몫까지 합쳐서 3벌."

""……뭐?""

두 사람의 눈이 깜짝 놀라 휘둥그레졌다.

6 (츠바키 시점)

츠바키는 방금 베어버린 젊은 무사를 작은 배 밖으로 밀어냈다.

숨 쉴 틈도 없이 쏟아지는 화살의 비를 호신용 작은 칼로 하나도 빠짐없이 튕겨냈다.

쓰러뜨리고 쓰러뜨려도 새로운 무사가 작은 배에 올라타서 츠바키를 향해 돌진했다. 베어버린 인원수는 2백 명을 뛰어넘을 무렵부터 세는 걸 관뒀다.

피가 섞인 침을 뱉어내며 두 발로 몸을 꽉 지탱한 채 간첩에게 말을 걸었다.

"아직 살아있나?"

"츠바키가 너무 멍청해서 지금이라도 죽을 것 같거든?!"

"그건 미안하게 생각해. 하지만 아무리 그래도 우리가 이렇게까지 미움 받을 줄은 몰랐다."

"난 예상했어!"

이제 와서 그런 말을 해봐야 어쩔 수 없다고 츠바키는 한숨을 내쉬었다.

──이번 일에 관해 겁먹을 건 아무것도 없다고 믿은 츠바키는.

바로 반나절 전에 항구 한복판에서 '이리 오너라'하고 큰소리를 질렀다.

그리고 본인이 무예가 츠바키이며 천제의 친동생인 간첩도 함께 있다는 것.

이곳으로의 침략은 즉시 중지해야 한다는 것.

그 교섭을 위해 천제를 만나게 해달라고 우렁찬 목소리로 외쳤다.

그랬더니 이윽고 작은 배가 다가왔고.

그 작은 배에 올라 근해까지 왔을 때 기함 갑판에서 천제가 나타나 두 사람이 틀림없이 본인이라는 걸 확인한 그 다음 순간.

작은 배에 함께 탔던 무사 10명이 일제히 습격하고 말았다.

물론 그들이 츠바키의 적수는 아니었지만.

그 이후 다른 배에서 올라탄 무사나 쏟아지는 화살을 베어버리며 어느덧 몇 시간이 흘렀고 현재에 이르렀다.

"이대로라면 점차 악화될 거야……."

호신용 작은 칼 하나밖에 없는 본인이 원망스러웠다. 게다가 호신용 칼은 이미 너덜너덜 칼날의 이가 빠져 더는 벨 수 없는 상태였다.

평소의 츠바키라면—— 아끼던 칼 무라마사 블레이드만 있었다면 얼마든지 계속 베어냈을 텐데. 그 정도로 명검이자 요도였다.

하지만 그 요도는 지금 그 남자의 소유물.

동쪽 대륙에서 무적이었던 자신을 처음으로 쓰러뜨린 수수께끼의 청년.

본인에게 요도를 두고 가라는 말은 들은 것도 아니었다.

하지만.

(요도를 들고서 죽는다면 소생은 배신을 한 게 된다…….)

그 남자에게 빚을 지는 것만은.

그 남자와의 계약을 파기하는 것만은 도저히 참을 수 없었다. 왜냐하면.

그 남자는 츠바키가 인정한 첫 라이벌이니까.

본인 옆에 나란히 설 수 있는 유일한 남성이니까.

물론 츠바키도 지금은 그 남자보다 본인이 더 약하다는 걸 인정했다.

하지만 그렇기에.

그 남자와 대등한 존재이기 위해.

츠바키는 요도를 들고 사지로 갈 순 없었다──.

벨 수 없는 호신용 칼등으로 세게 쳐서 또 한 명을 바다로 빠뜨렸다.

이제 곧 한계……. 그걸 입 밖으로는 뱉지 못하고 초조해하는 츠바키 발밑에서 쿡쿡쿡 웃음소리가 들렸다. 발밑에 엎드리고 있던 간첩이었다.

마침내 죽음의 공포로 정신이 나간 것인가.

"뭐, 하지만 난 안심했어."

"무슨 말이지?"

"츠바키가 요즘 사는 게 즐거워 보여서."

"뭐어?! 무슨 소릴 하는 거야?!"

이 녀석도 바다에 빠뜨려버릴 생각으로 발을 치켜들자 당황한 듯 입을 열었다.

"아니, 아니야! 내 말 좀 들어봐."

"……."

"아니, 예전에 츠바키 너는 죽어도 상관없다는 느낌이었 잖아."

"……무슨 소리지? 무사로서 항상 죽음을 각오하는 건 당연한 일이다."

"죽음을 각오하는 것과 언제 죽어도 상관없다는 건 다르 잖아."

"……."

"츠바키는 항상 흥미 없다는 듯 사람을 베고 본인이 최 강인 게 당연하다는, 어쩐지 재수 없는 꼬맹이였는데."

"재수 없는 꼬맹이?!"

"그런데 여기로 와서 호되게 당한 후엔 꽤 즐거워 보였 어. 오늘도 졌다―― 분하다―― 라고 싱글거리는 얼굴로 푸념을 늘어놓고. 츠바키도 이제야 제대로 된 청춘을 즐기 고 있는 것 같아 아저씨는 남몰래 감동했어."

"……그런 건…… 그 녀석은 관계없어……."

"뭐, 그런 건 아무래도 상관없지만."

"으윽?!"

주르륵 미끄러지고 말았다. 진심으로 죽는 줄 알았다.

만약 살아남는다면 반드시 징계하겠다며 노려보는 츠바키에게 남자가 웃어 보였다.

"그러니까 지금은 츠바키가 생각한 대로 해버려!"

"그건…… 이미 하고 있거든……!"

"진짜? 사양하고 있는 거 아니야? 미련은 전부 날려 보냈어? 이대로면 어차피 우리는 둘 다 죽을 텐데!"

"미련……."

그 남자에게 이기기 전에 죽는 게 유감이라고 츠바키는 생각했다.

아끼는 칼을 갖고 왔으면 좋았을 거라 생각하다 바로 부정했다.

그럼 그것대로 천제는 다른 비겁한 수를 써서 두 사람을 죽였겠지.

그러니 마지막으로 그 남자에게 아끼는 칼을 건넨 건 정답이었다──.

"──생각났어."

죽기 직전이라 그런가. 한구석에 처박아뒀던 기억이 선명하게 되살아났다.

그 남자와 마지막으로 이야기를 나눴을 때의 일이.

한 가지 약속이.

그 남자는 츠바키에게 만약 도움을 원한다면 언제 어디서든 상관없으니까 자신에게 도움을 청하라고 했었다.

──이런 곳에 그 남자가 있다는 건 말도 안 되는 일이

겠지만.

　그래도 그렇기에 자신의 꼴사나운 모습, 엉망이 된 모습을 보여주지 않을 수는 있었다.

　그래서 츠바키는 큰 소리로 외쳤다.

　"잡초 뽑기남——! 소생을 살려다오——!!"

　그 직후 기적이 일어났다.

　육지 쪽에서 터무니없는 속도로 정체를 알 수 없는 무언가가 일직선으로 날아왔다.

　츠바키가 당황해하며 그것을 움켜쥐었을 때.

　——그것은 틀림없이 츠바키가 아끼던 칼, 무라마사 블레이드였다.

　"……이게 어떻게 된 거지……?"

　상황을 이해하지 못한 츠바키가 멍하니 서 있자.

　절호의 틈을 노리고 새로운 무사 세 명이 동시에 날아들었다.

　——팅.

　그곳에 있던 무사들은 츠바키의 칼집이 가볍게 울리는 소리밖에 인식하지 못했겠지. 하지만 다음 순간.

　세 명의 무사는 두 동강이 나 말 못 하는 6개의 고깃덩어리로 변했다.

　"——, ——! ———?!"

무사들이 무슨 일이 일어난 건지 몰라 웅성거렸지만 츠바키의 귀에는 닿지 않았고 계속 어리둥절한 상태였다.

방금 그것도 습격당해서 반사적으로 아끼는 칼을 휘두른 것뿐.

왜 자신이 아끼는 칼이 날아온 것인지.

그 생각만이 머릿속을 빙글빙글 돌아다녔고,

"──해치워!!"

습격해오는 무사들을 전부 얇게 저몄다.

뭐가 뭔지 알지 못한 채 츠바키는 검을 휘두르고. 휘두르고. 휘두르고.

쓰러뜨리고, 쓰러뜨리고, 쓰러뜨리고.

이윽고 츠바키의 마음 깊숙한 곳에서 천천히 감정이 피어올랐다.

그 감정의 정체를 츠바키는 몰랐다.

다만 알게 된 것도 있었다.

하나는 츠바키가 그 남자에게 도움을 요청했고, 그래서 도움을 받았다는 단순명쾌한 사실.

그리고 또 하나는 그 사실을 음미할 때마다.

츠바키의 몸이 속수무책으로 들떠서 참을 수가 없다는 것──.

*

작은 배로 접근하는 무사가 사라지자 츠바키는 직접 가까운 배로 다가갔다.

그리고 베었다.

베고, 베고 또 베어냈다.

원정부대 반 이상은 틀림없이 베어버렸을 것이다. 그 정도로 벴다.

아무리 그래도 너무 많이 베고 말았다.

츠바키의 칼은 요도.

이렇게까지 피를 흡수하면 심각한 악영향이 갈 터였다.

그건 츠바키가 흉악해진다는 것.

요도의 원념과 정신이 일체화된 츠바키가, 시야에 들어온 인간은 너나없이 공격하고 신선한 인간의 피를 원하는 짐승으로 변해버린다는 것.

이렇게 된 츠바키는 의식이 날아간 상태이며, 정신을 차렸을 땐 본인 이외에는 아무도 움직이지 않게 되는 그런 일이 몇 번이나 있었다.

그 경우 가장 먼저 베어버릴 상대는 발밑에 있는 간첩이겠지. 당연하게도 계획은 실패하고 츠바키도 간첩도 개죽음을 당했을 것이다.

하지만.

"의식이 선명해……!"

요도를 휘두를 때마다 느꼈던 초조함이 없었다.

피에 굶주린 괴물로 자신이 변모하는 기묘한 감각이 느

꺼지지 않았다.

그렇기는커녕 칼을 휘두를 때마다 녹초가 되어 지쳐버린 정신이 회복되는, 그런 느낌조차 들었다.

그때 츠바키가 떠올린 원인은 딱 하나뿐.

"그 남자는 칼에 치유 마법을 주입했다고 했어……!"

믿을 수 없었다.

하지만 그것밖에 생각할 수 없었다.

휘두를 때마다 목숨을 깎아먹었던 요도인데 왠지 곁에 그 남자가 있는 것 같고.

휘두를 때마다 잘했다고 칭찬하면서 머리를 쓰다듬어주는 것 같고.

그래서 녹초가 되어 지쳐버린 츠바키는 다시 기운을 차렸다──.

"한꺼번에 덤벼라! 소생이 한 명도 남김없이 쓰러뜨려주겠다!"

"잠깐."

그때 엉덩이를 차였다.

"뭐 하는 거야?!"

자세가 흐트러진 순간 날아온 화살이 슈웅 뺨을 스쳤고 츠바키가 울상이 된 채 항의했다. 걷어찬 간첩도 사과하면서 말했다.

"츠바키, 네가 뭐 하러 여기까지 왔는지 떠올려봐."

"……뭐였지?"

"그 멍청한 형을 설득하기 위해서잖아."

"오오, 그랬었지!"

짝짝 손뼉을 치는 츠바키를 남자는 한심스러운 눈으로 바라봤다.

"하지만…… 이제 설득할 단계는 아닌 것 같군. 멍청한 형은 아무것도 듣지 않고 우리를 철저하게 죽이려고 했고 츠바키는 그걸 전부 되갚아줬으니까."

"……그건 소생의 실력이 아니야……."

동쪽 대륙에서 무예가의 정점에 이르렀을 무렵의 츠바키였다면.

그 남자와 만나 여기사 학원 분교에 입학하기 전의 츠바키였다면.

천제의 계산대로 츠바키는 이미 힘이 다했을 것이다.

하지만 츠바키는 이 대륙에서 우연히 만난 청년에게 엉망진창으로 얻어맞았고.

그 남자 덕분에 아끼던 칼에 걸려 있던 저주도 풀었고.

게다가 여기사 학원 분교에 입학해서 마사지의 진수까지 확인했다――.

그렇게 이전보다 훨씬 강해진 츠바키는.

이 정도면 이길 거라는 천제의 계산을 멋지게 뛰어넘어 버렸다.

그리고 모든 일의 계기가 된 건 단 한 명의 청년.

"……그 남자를 만나지 않았다면 소생은 지금쯤 이미……."

"옛날이야기를 하고 잇을 때가 아니야. 어쨌든 츠바키는 멍청한 형의 무력을 뿌리쳤어. 이제 설득은 불가능, 그렇다면 결말은 하나밖에 없지."

"알아."

츠바키도 천제의 성격은 알고 있었다.

질투심이 강하고 유아독존적인 모습이 있다고 해도 총대장으로서의 긍지는 분명 갖고 있는 남자였다.

안 그러면 단세포인 무예가들이 우두머리로 인정할 리가 없지.

"천제의 머리를 베야겠지."

"……일단 할복을 권유한 다음에……."

동쪽 대륙에서는 목을 잘리는 것보다 스스로 할복하는 게 명예로운 죽음이라고 여겼다. 뭐, 츠바키로서는 어느 쪽이든 상관없었다.

"가자."

츠바키는 그리 중얼거리며 가장 큰 군선으로 작은 배의 진로를 변경했다.

7

먼바다가 내려다보이는 해안에서.

작은 배에 올라타 검을 휘두르는 츠바키를 지켜보며 난 이마의 땀을 닦았다.

"⋯⋯간신히 제때 온 건가?"

군선 뒤에 가려져 있고 비슷한 배가 무더기로 있어 츠바키의 정확한 위치를 파악할 수 없었던 나였지만 큰 소리로 도움을 요청한 덕분에 무라마사 블레이드를 던져줄 수 있었다. 다행이었다.

츠바키에겐 아끼던 칼만 있으면 졸병은 몇 백 명이든 문제없겠지.

저래도 어엿한 여기사 견습생이니까.

"그건 그렇고 날 부를 다른 호칭은 없었던 거야⋯⋯?"

내가 고개를 갸웃거리고 있을 때 나머지 두 사람이 돌아왔다.

두 사람 다 수영복으로 갈아입은 상태라 걸어올 때마다 엄청 흔들리고 있었다. 풍만한 열매가.

"오빠, 오래 기다렸죠? 이건 수영복이에요."

"으응⋯⋯? 이 수영 팬츠, 무지개 색깔인데⋯⋯?"

내 여동생의 패션 센스에 의문을 품는 나였다.

유즈리하 씨가 그런 스즈하를 옹호했다.

"아니. 가을에서 겨울로 들어가는 이 계절에 수영 팬츠를 팔 리가 없잖아. 오프 시즌에도 정도가 있지. 이걸 찾아내느라 꽤 고생했어."

"⋯⋯하지만 스즈하도 유즈리하 씨도 완벽한 수영복 차림인데⋯⋯?"

남성용 수영 팬츠조차 팔지 않는다면 여성용 수영복은 살

수 없었을 텐데. 일단 사이즈를 맞춰볼 필요도 있을 테고.

게다가 두 사람은 어느 부분인지는 말하지 않겠지만, 기성품이 감당하기엔 꽤 힘든 사이즈의 소유자니까. 어느 부분인지는 말하지 않겠지만.

그런 나의 의문을 유즈리하 씨가 한 마디로 해결했다.

"우리 수영복은 성을 나올 때 갖고 왔으니까!"

"⋯⋯오프 시즌이라고 본인 입으로 말했잖아요⋯⋯?"

"물론 그렇지만 여기사로서 만일의 경우를 대비해 준비는 항상 게을리 하지 않으니까! 예를 들어 그대와 갑작스럽게 겨울 바다를 헤엄쳐 사랑의 도피를 하게 됐을 때라든가!"

어때, 잘했지? 하고 의기양양한 얼굴을 들이미는 유즈리하 씨를 일단 쓰다듬어주었다.

그렇게까지 기지를 발휘했다면 나의 수영 팬츠까지 준비해줘도 되잖아요? 뭐, 딱히 상관은 없지만.

"그럼 난 저쪽에서 갈아입고 올게."

내가 나무 그늘이 있는 쪽을 가리키며 그렇게 말하자,

"아뇨, 오빠. 아무도 없으니까 여기서 갈아입어도 되잖아요?"

"그래. 얼른 갈아입어."

"그럼⋯⋯."

그렇게 말하며 내가 수영 팬츠를 손에 들자 이미 수영복 차림의 스즈하와 유즈리하 씨가 웬일인지 계속 빤히 날 바라보고 있었다.

"저기, 뒤로 돌아주면 안 될까……?"

"신경 쓰지 마세요, 오빠. 전 오빠의 알몸을 옛날엔 자주 봤으니까. 벌써 10년 전 이야기지만."

"신경 쓰지 마. 파트너인 그대의 알몸은 나에게 익숙하니까. 물론 망상 속에서의 이야기지만."

"됐으니까 두 사람 다 뒤로 돌아!!"

두 사람 다 결국 날 계속 뚫어지게 쳐다봤기 때문에 나무 그늘까지 전속력으로 달려가 옷을 갈아입기로 했다.

*

세 사람 다 수영복으로 갈아입었을 때 이번 작전을 발표했다.

"자. 군선뿐만 아니라 대부분의 배라면 반드시 갖고 있는 치명적인 약점이 있습니다. 스즈하는 혹시 뭔지 알겠어?"

"……죄송해요. 아직 공부가 부족한 것 같아요."

스즈하가 힘없이 고개를 떨궜다. 어쩔 수 없는 여동생이라니까.

"답은 배 밑에 구멍이 뚫리면 침몰한다는 거야."

"그런 걸 알 리가 없잖아요!!"

"뭐, 그대의 말대로 마법으로 떠있지 않는 한 가라앉겠지."

두 사람 다 나의 의견에 납득한 듯했다.

"그러니까 지금부터 셋이서 배 밑에 구멍을 내려고 합니다."

참고로 출발할 때 수영복을 챙기라는 지시를 못한 건 단순히 서둘렀기 때문이었다.

두 사람이 반쯤 바캉스 기분으로 수영복을 갖고 다녀서 정말 다행이었다.

그러자 유즈리하 씨가 복잡한 얼굴로 말했다.

"하지만 저런 군선의 선체는 때때로 금속으로 덮여 있잖아?"

"그 경우엔 금속채로 구멍을 뚫으면 되잖아요?"

"그런 게 가능할 리가……아니, 스즈하의 오라버니에게 단련된 지금의 나라면 혹시 가능하려나……?"

"유즈리하 씨라면 쉽겠죠."

미스릴이나 오리할콘이면 몰라도 철이나 납 따위가 유즈리하 씨의 주먹을 막을 순 없을 것이다.

"참고로 힘이 지나쳐서 선체를 부숴버린다 해도 괜찮아요."

"그건 그대 말곤 아무도 못 하는 일이거든?!"

그런가? 그렇지 않은 것 같은데.

"그럼 일단 물로 들어갈까요?"

"으음…… 이해하기 힘들지만 혁신적인 전법 같기도 하고……."

일이란 막상 해보면 생각보다 쉬운 법이었다.

뭐라 투덜대는 유즈리하 씨와 스즈하를 데리고 바다 안으로.

멀리까지 잠수해 위쪽을 올려다보니 몇십 척이나 되는 배가 떠 있었다.

유즈리하 씨 말대로 그 배들의 아래쪽은 단단히 철로 덮여 있었다.

나는 눈짓으로 의사소통을 하면서 한 척의 배 아래에 달라붙어 금속판을 떼어냈다. 금속판과 일체화된 배 아래쪽은 우지직 소리를 냈고 바로 복구 불가능한 큰 구멍이 뚫렸다. 그 이후 침몰선의 세계 기록을 수립할 듯한 기세로 빠르게 침몰하는 배를 끝까지 지켜본 후 해수면으로 고개를 내밀고 한마디.

"뭐, 이런 느낌으로."

"그런 게 가능하다고?!"

"유즈리하 씨라면 쉬울 거예요, 게다가 스즈하도. 뚫린 구멍은 응급 처치가 어려울 정도의 크기면 돼."

"그보다 오빠, 주변 군함이 엄청 술렁이는데요……?"

"그야 동료들이 탄 배가 한 척 아무런 전조도 없이 침몰했으니까. 먼바다의 마수가 나타났다고 생각하지 않을까? 안 그래요, 유즈리하 씨?"

"……그래, 맞아…… 실체도 그것과 비슷하지만……."

"그럼 남은 배도 얼른 침몰시키죠. 단 츠바키가 날뛰고 있는 배가 있으면 그건 뒤로 미루면 될 거예요."

"알겠어요, 오빠."

"나도 알겠어."

"그럼 두 사람 다 그렇게 잘 부탁해요."

그 이후 셋이 노력한 결과, 이대륙의 군선은 기함 한 척 남김없이 침몰했고.

대함대에 가득 실려 있던 식료품과 폭약 등은 전부 바다 아래 고기밥으로 사라지고 말았다.

——그렇게.

동쪽 이대륙 통일 국가에 의한 습격은 이쪽엔 한 명의 희생자도 발생하지 않은 상태로 완벽하게 결판이 났다.

8

나랑 스즈하랑 유즈리하 씨는 해변에서 무릎을 감싸 안은 채 앉아 있었다.

시야 끝, 수평선 너머로 저녁놀이 가라앉고 있었고.

그 앞에는 침몰한 군선에 타고 있던 어마어마한 숫자의 무사들이 해수면에 떠 있었다.

"끝났다……."

"끝났네요, 오빠……."

"……정말 끝난 거 맞아? 뭔가 납득이 안 되는데……."

웬일인지 유즈리하 씨가 고개를 갸웃거렸다.

내가 말을 걸려는데 그 전에 스즈하가 물었다.

"유즈리하 씨, 왜 그러세요?"

"아니…… 너무 일방적인 승리라 아무래도 기분이……."

"그야 당연하죠. 오빠가 나섰으니까."

"그건 그렇지만…… 왠지 이번에는 적을 후려치지 않아서인지 별로 싸운 것 같지 않달까, 실감이 안 난달까……."

"듣고 보니 그런 것 같기도 하네요."

스즈하도 납득하고 있지만 좀 참아줬으면 좋겠다.

어쨌든 직접 치고받지 않는 게 더 나으니까.

군선에 구멍을 내서 이겼다면 그걸로 된 거 아닌가?

그런 의미에서 적과 치고받고 싸운 건 츠바키였지만——.

"아, 오빠. 군옥수수 냄새가 나요."

"……포장마차?"

"전투를 구경하는 사람들을 위한 포장마차겠지. 좋아, 셋이서 사러 갈까?!"

"아, 전 사양할게요."

"그럼 오빠 몫도 사 올게요! 자, 유즈리하 씨, 가요!"

"뭐? 그럼 나도 남아서…… 잠깐만, 스즈하, 갈 테니까 잡아당기지 마!"

스즈하와 유즈리하 씨가 마을로 사라졌다.

떠들썩한 장소는 좀 피하고 싶은 기분이라 스즈하의 배려는 고마웠다.

그대로 멍하니 크고 넓은 바다를 바라보고 있는데.

"……칼?"

수면에 떠오른 칼이 이쪽으로 흘러왔다.

흘러왔다고 하기엔 좀 빨랐고, 애초에 칼이 물에 뜨는 게 맞는지 궁금해 하는 사이에 곧 정체가 판명되었다.

정수리에 칼을 동여맨 츠바키가 여기까지 헤엄쳐 온 것이었다.

최대한 칼이 젖지 않도록 움직인 거겠지. 아마.

"안녕, 츠바키. 어서 와."

"……다녀왔어."

수영복을 준비한 스즈하, 유즈리하 씨와 달리 츠바키는 망측한 차림이었다.

트레이드마크인 몬츠키하오리하카마는 너덜너덜해져서 원형을 유지하지 못했고 가슴 부분을 꽉 누르고 있던 무명천과 하의 밑에 입은 팬티가 거의 다 드러난 상태였다.

"일단 저쪽을 보고 있을 테니까 물기를 털어내."

"알았어."

"맞다, 포장마차 같은 데서 갈아입을 옷을 사 올게. 그러니까 여기서 기다려──."

"괜찮아. ……그보다 그대와 함께 있고 싶다."

그런 말을 들으니 마음이 약해졌다.

게다가 여성용 옷이나 속옷은 내가 사러 가는 것보다 앞서 포장마차에 갔던 두 사람이 돌아오면 부탁하는 게 낫겠지.

"……그쪽 군대는 어떻게 됐어?"

"천제는 단념하고 할복했어. 소생이 목을 쳤어."

"그래?"

"그러니까 다음 천제는 그 멍청이가 이을 거야."

"……혹시 츠바키가 전에 『삼류 겁쟁이 간첩』이라고 했던 사람?"

"맞아."

츠바키는 아끼는 칼을 두고 사라지기 전에 멍청이의 뒤처리를 하러 갈 거라고 했다.

그 멍청이라는 사람이 다음 천제가 될 줄이야.

적어도 츠바키의 목적은 무사히 달성됐다는 것이겠지.

"어쨌든 츠바키가 무사해서 다행이야."

내가 진심으로 그렇게 말하자 웬일인지 츠바키가 한심스러운 눈으로 노려보았다.

"……그대는 적당히, 라는 말을 모르나?"

"뭐? 무슨 뜻이야?"

"무슨 뜻이냐니! 우리가 싸우고 있는데 갑자기 쾅 하는 굉음이 울려 퍼지고 군선이 침몰하기 시작해서 다들 엄청 겁먹었었다!"

"나의 기습 작전은 성공한 것 같네."

"기습 정도의 소란이 아니었어! 대포도 안 보이고 마수도 마도사도 없는데 튼튼한 군선이 차례차례 쿠구궁 침몰하는 게 완전 호러였다니까! 너무나 무서워서 다들 엄청 지렸다고!"

"자, 자. 그렇게 위협하는 고도의 두뇌 작전이 이번 일의 핵심——."

"사상 최대 중노동이었다! 참나, 과한데도 정도가 있지……."

그리고 츠바키가 웬일인지 아련한 눈으로 말했다.

"……천제에게 갔을 때, 녀석은 이미 머리가 새하얘져 있었어. 우리가 뭔가 말하기 전에 이미 할복할 각오를 하고 있었지. 즉 천제를 할복시킨 장본인은 솔직히 말해 그대야."

"기분 탓이겠지."

"그럴 리가 있나?!"

츠바키의 말을 흘려들으면서 난 본 적 없는 천제를 속으로 후하게 평가했다.

사람을 죽여도 되는 녀석은 죽을 각오가 있는 녀석뿐이라는 그런 말이 있다.

물론 실없는 소리지만, 그래도 난 패배의 책임을 지고 자결할 만한 인간이 그렇게 싫진 않았다.

설령 그게 자신의 영지에서 전쟁을 벌이려고 했던 장본인이라 해도——.

"……그대가 없었다면 소생은……."

"응?"

당당하게 떠난 이대륙의 왕을 상상하고 있는데 츠바키가 내 소매를 휙 잡아당겼다.

하고 싶은 말이 있지만 하기 힘든 그런 느낌으로 보였다.

석양빛을 받은 츠바키가 웬일인지 쑥스러워하는 모습으로 소매를 잡아당긴 채 아래를 보고 있었다. 그녀는 이윽고 고개를 들어 날 바라보며 입을 열었다.

"그대가 내 목숨을 구했다."

"난 칼을 돌려준 것뿐이야."

"돌려주는 타이밍이 너무 절묘했어. 게다가 요도는 적을 베고 피를 흡수하면 할수록 소생의 정기도 빨아들이는데, 이번에는 베면 벨수록 소생이 기운을 차렸어. 분명 너의 치유 마법 탓이다."

즉 내가 주입한 마력 덕분에 적을 벴을 때의 효과가 반전됐다는 것인가.

"흐음. 그런 부작용이 있었구나."

"······예전의 요도였다면 난 틀림없이 도중에 힘이 다했을 거야. 그러니까······."

"츠바키가 완벽한 타이밍에 도움을 요청했으니까."

겹쳐진 우연을 내 덕분이라 말하는 건 쉬웠다.

하지만 전장에서 동료의 목숨을 서로 돕는 건 당연한 일이니까.

우연히 내가 목숨을 구했다 해도 그걸 무겁게 느끼지 않았으면 좋겠다.

그래서 난 굳이 가벼운 어조로 말했다.

정말 그게 당연한 일인 것처럼.

츠바키는 처음엔 멍하니 있었지만, 이윽고 납득했다는 듯 표정을 풀고 미소 지었다.

"──참나, 그대에겐 당해낼 수가 없구나."

"그래?"

"좌천돼 항상 잡초만 뽑으면서, 소생이 가장 위기일 때 씩씩하게 나타나 목숨을 구해주고 그게 당연한 듯한 얼굴로 은혜를 베푼 게 아니라니…… 그대는 치사해. 평소 모습과 갭이 너무 커서 엄청 멋있어 보이잖나."

"내가 평소에도 멋있다는 설은?"

"절대로 있을 수 없는 일이지."

단언하다니. ……그렇게 강하게 부정 안 해도 되잖아.

"하지만 동료를 구하는 건 당연한 일이니까."

"참나, 스즈하나 유즈리하가 부러워서 못 참겠다……하지만 소생은 너희의 동료가 되지 않겠다고 결심했다."

"그래?"

"왜냐하면 소생은…… 평생을 걸고서라도 그대의 라이벌이 될 테니까."

츠바키가 똑바로 날 바라보았다.

그 눈동자에는 강한 의지가 깃들어 있어서, 나는 그 말이 더없이 진심이라는 걸 알 수 있었다.

"그래? 그럼 나도 츠바키도 좀 더 강해져야겠네."

"정진하겠어……그런데 잠깐 몸 좀 굽혀주겠나."

"왜?"

시키는 대로 허리를 굽혔다. 그러자.

"으응……."

츠바키가 갑자기 뺨에 입을 맞췄다.

"……저기, 츠바키?"

"……부끄럽지만 어쩔 수 없지. 이곳에선 목숨을 구해준 상대에겐 뽀뽀로 갚는다. 그게 세간의 상식……."

"그런 말은 어디서 들었어?!"

"왕대인 전설에서. 영웅담에 의하면 왕대인에게 도움을 받은 공주님은 침소에서 매일 밤 백 번의 뽀뽀를 한다더군. 굉장히 야했어."

"그런 일이 있을 리가 없잖아?!"

"……저기, 그게…… 소생의 첫 뽀뽀였는데……."

꼼지락거리며 츠바키가 눈을 치켜뜨고 바라보았지만 그걸 상대할 상황이 아니었다.

──아아, 어떻게 된 거지.

이미 허구의 레벨까지 올라간 자신의 영웅담이 돌고 돈 결과, 한 소녀의 퍼스트 키스에 영향을 끼치게 되다니.

난 잠시 동안 뭐라 할 수 없는 죄책감을 느꼈다.

동쪽 통일 국가와의 강화 조약 조인식은 로엔그린 성에서 이뤄졌다.

성가시니까 왕도에서 했으면 좋겠다고 생각한 나였지만 우리가 배를 침몰시킨 항구 도시는 지금 현재 로엔그린 변경백령에 포함되어 있었고, 게다가 왕도에서는 거리가 너무 멀다는 말까지 덧붙이면 거절할 도리가 없었다.

파티는 있지만 야외에서 이뤄지는 개선 퍼레이드 같은 건 없었기에 뭐, 어쩔 수 없다고 받아들였다.

조인식에 출석한 차기 천제의 말을 듣고 놀랄 수밖에 없었다.

들자 하니 그 남성은 예전 천제의 친동생으로 무려 나의 변경백령 영도에서 바텐더로 일했다고.

"지금이니 말씀드릴 수 있지만 고향 무사에겐 삼류 겁쟁이 간첩이라고 불렸습니다. 그리고 멍청이라고도."

"그 정도면 괜찮지 않습니까. 전 학교 학생에게 좌천된 잡초 뽑기남이라고 불리고 있는걸요."

"…………."

"…………."

"……혹시 설마 좌천된 분이신가요?!"

차근차근 이야기를 들어보니.

차기 천제는 츠바키에게 자주 내 이야기를 들었던 모양이었다.

그 사람이 실은 변경백이었다는 사실에 엄청 놀랐었다고.

그러고 보니 츠바키에겐 내가 변경백이라는 사실을 아직 말 안 한 것 같은데.

"──뭐, 이제 여러 가지로 납득이 가는군요."

"그게 무슨?"

"츠바키가 발끝에도 못 미친다는 강자가 흔할 리가 없는데. 정말 그 녀석도 사람을 놀라게 한다니까…….'

그런가? 얼마든지 있을 것 같은데.

그렇지만 그런 지적을 할 생각은 없었다. 왜냐하면 어른이니까.

"어쨌든 이번에는 정말 감사했습니다. 굉장히 많은 폐를 끼쳤습니다만 변경백 덕분에 인적 피해는 최소한으로 끝났습니다."

"츠바키가 요도를 가지고 갔었다면 좀 더 쉽게 결판이 났을 텐데요."

"아뇨, 그랬으면 바보 같은 형이 도망쳤을 것 같은 기분도 들어서── 굳이 말하자면 츠바키에겐 변경백님을 제대로 소개시켜주지 않은 게 좀 원망스럽네요."

"아하하…….'

"모처럼이니 이 일은 츠바키에겐 비밀로 하시죠. 그게 더 재미있을 것 같습니다. 게다가──."

"게다가?"

"언제 알게 될지 흥미가 생기지 않습니까?"

바텐더가 그렇게 말했기에 앞으로도 계속 비밀로 하기로 했다.

동쪽 이대륙에는 유쾌한 사람이 많은 것 같은데 편견일까?

*

조인식이 무사히 끝나고 파티가 시작되기 전.

화장실에서 돌아와 복도를 혼자 걷고 있는데 기둥 뒤에서 불쑥 팔이 나왔다.

누군가 했더니 그곳에 최근 알게 된 사람이 서 있었다.

"츠바키?"

무슨 일인가 해서 멈추자 츠바키가 나에게 허리를 굽혀 공손하게 인사했다.

"이번에는 그대 덕분에 목숨을 구했다. 정말 고맙게 생각해."

"됐어, 그런 건. 파티에 참석하려고?"

"아니. 소생은 격식 차리는 건 싫어하니까, 그대와 이야기가 끝나면 바로 갈 거야."

"부, 부럽다…… 나도 빠지고 싶어……."

"그대도 멋있는 옷을 입으니까 달리 보이네. 도저히 좌천된 남자라고는 생각하기 힘들어. 하지만 하나도 안 어울려."

227

그렇게 말하며 츠바키가 웃었다. 나도 그렇게 생각해.

설마 이게 변경백의 정장이라고는 꿈에도 생각 못 하겠지.

"뭐, 이번에는 다들 무사해서 정말 다행이야."

"……사실은 죽으러 갈 생각이었는데."

"츠바키?"

"그래서 아끼는 검을 그대에게 돌려줬고, 무사도라는 건 죽음을 각오하는 것이라고 생각했다. 하지만 죽을 뻔했을 때 그대가 머릿속에 떠올랐어."

"……."

"처음으로 죽고 싶지 않았어. 지금까지 전장에서 아무리 싸워도 그런 생각을 한 번도 한 적 없는데. 하지만 이번엔 달랐지."

"……."

"……그대에게 패배한 채 죽는 건 절대로 싫다고……."

"……그 이야기만 들으면 날 엄청 원망하는 것 같은데?"

"그렇지 않아, 그대는 좋은 녀석이야. 그건 소생이 보증해. 하지만 그것과 소생이 언젠가 이길 거라는 건 다른 문제야."

"그래?"

"이야기는 이것뿐이다. 그리고 무라마사 블레이드를 돌려주러 왔어."

"됐어, 츠바키가 들고 있어."

"하지만."

"대신 한 가지 약속. 언제든 그 칼을 손에서 놓지 마. 특히 이번처럼 목숨이 걸렸을 때는 절대로."

"……알았어. 무슨 일이 있든 꼭 지키지."

"잘 부탁해."

원래라면 여기서 내가 변경백이라는 사실을 공개하면 재미있을 것 같은데.

하지만 바텐더와의 약속도 있고 이번에는 관둬야지.

"그럼 소생은 이제 그만 가보마."

"으음. 그럼 안녕."

그렇게 말하며 떠나간 츠바키의 뒷모습은 왠지 평소보다 멋있어 보였다.

파티장으로 향하니 이미 준비가 끝나 있었다.

토코 씨나 바텐더에 이어서 나도 인사말을 건네야 했기에 평소처럼 대충 두 사람을 극찬하기로 했다.

그건 그렇고 이번 파티는 출석자가 적어서 정말 다행이었다.

너무 갑자기 개최가 결정된 데다 장소가 변경백령이라, 대부분의 귀족들이 참석하지 못한 것이다.

그 부분을 메우기 위해 동쪽 대륙의 위정자나 이 마을의 유력자들이 참석하긴 했지만 그래도 훨씬 편했다.

그러니까 이번에는 요리를 계속 먹어도 괜찮을 것 같았는데.

"스즈하 오빠."

토코 씨가 다가와 활짝 웃었다.

"토코 씨는 이대륙 사람들과 교류하는 게 낫지 않나요……?"

"그런 건 나중에 얼마든지 할 거야. 실무 협의는 끝나지 않았으니까."

"그렇군요."

"아니, 문득 깨달았어—— 스즈하 오빠가 또 새로운 승리를 달성했다는 걸!"

"네……?"

정말 무슨 소린지 모르겠다.

"우후훗. 알겠어?"

"아뇨, 전혀."

대답 안 하면 계속 따라붙을 분위기라 마지못해 답했다. 그러자 토코 씨는 빙긋 웃으며 말했다.

"즉. 그건."

"그건——?"

그러자 토코 씨가 한계까지 숨을 참은 후.

"스즈하 오빠는 지금까지도 이 대륙에서 일어난 위협에서 모두를 구했지만 드디어 대륙 밖에서 온 위협에서도 모두를 구했어! 이야~ 스즈하 오빠의 영웅다운 활약은 멈출 줄 모르는구나!"

……아니, 그런 말을 해봤자.

"그건 우연히 상대가 이대륙 사람이었던 것뿐인데……."

"그래도 그런 건 이 대륙 역사상 처음이야! 이대륙의 침공을 받고 그것을 멋지게 격퇴하다니!"

"그건 그럴지도 모르지만……."

"게다가 이대륙의 침공도! 스즈하 오빠가 없었다면 애초부터 일어나지 않았을 테고!"

"말이 좀 심하지 않나요?!"

그건 적어도 내 탓이 아니라 오리할콘 탓이라고 말해줬으면 좋겠다.

"아니, 정말 단순한 우연이니까요. 아무런 영향도 없다고요."

"흐흐흥. 그런 말은 바로 쏙 들어가게 될걸?"

"무슨 뜻인가요……?"

히죽거리는 토코 씨 미소의 뜻을 알게 된 건 바로 그 이후의 일이었다.

파티도 중반에 돌입하고 재차 단상에 올라간 바텐더는, 토코 씨와 협의한 결과 내게 한 가지 상을 내리게 됐다고 발표했다.

"이번 양국 강화에서 현저한 공을 세운 로엔그린 변경백의 공적에 보답하고 싶다. 그래서——."

그리고 터무니없는 말이 이어졌다.

"그를 동쪽 대륙에선 처음으로 이대륙 출신 무장으로 임명하고 영지를 수여하기로 했다──!"

그 직후 큰 함성소리가 울려 퍼진 파티장에서.
난 계속 혼자 입을 떡 벌리고 있었다.

──이유도 모른 채 변경백령에 지명된 지 1년 남짓.

아무래도 난 이대륙의 영지까지 손에 넣게 된 것 같습니다──?!

에필로그

변경백령 여기사 학원 분교에 오늘도 우렁찬 소리가 메아리쳤다.

"잡초 뽑기남, 자, 평소처럼 승부하자!"

"아니, 츠바키…… 동쪽 대륙으로 돌아간 거 아니었어……?"

"그대를 쓰러뜨리기 전에 돌아가는 건 무사의 불명예다!"

"그렇구나…… 그럼 오늘은 어떻게 할래?"

"흐흥, 여유를 부릴 수 있는 것도 지금 이 시간뿐……소생은 드디어 새로운 필살기 개발에 성공했다!"

"뭐어?!"

"선생님, 부탁드립니다!"

"우뉴!"

츠바키가 고개를 숙이자 그 뒤에서 나타난 건 소녀 모습을 한 우뉴코였다.

스즈하 오빠는 충격을 받았다.

"아아아앗! 설마 남에게 맡기려고──?"

"아니야!! 그럼 선생님, 가시죠!"

"우뉴!"

어떻게 덤빌지 궁금해진 스즈하 오빠가 가만히 지켜보고 있자.

요도를 빼든 츠바키의 칼날에 무려 우뉴코가 올라탔다!

"자, 소생의 일격을 받아봐라!"

"응? 그 이후에 어떻게 할 생각이야……? 아니, 아프지 않아?"

"그런 건 일일이 신경 쓰는 게 아니다! 간다, 제트스트림 어택——!"

"우뉴!"

기합과 함께 츠바키가 요도를 휘둘렀다.

그러자 당연하게도 칼날에 앉아있던 우뉴코가 날았고 스즈하 오빠를 향해 일직선으로 달려들었다.

그리고 우뉴코 뒤에 숨은 츠바키의 요도가 공격하는 2단 공격 작전——!

"에잇."

찰싹.

"우뉴?!"

공중전의 문제점은 공격을 회피하는 게 현저히 어렵다는 것.

우뉴코 또한 예외는 아니었고 싱겁게 지면에 떨어졌다.

훤히 다 보이게 된 츠바키의 일격도 스즈하 오빠가 손가락 2개로 칼날을 잡으면서 막혔다.

"자, 아쉽게 됐네요."

"크윽……! 오늘이야말로 잘 될 줄 알았는데……!"

"아니, 어떻게 잘 될 거라 생각한 거야……?"

츠바키가 한 방 먹이는 날은 아직 멀어 보였다.

*

올해는 작년보다 빨리 추워졌다.

그럼 코타츠도 서둘러 꺼내야겠다고 스즈하의 오빠가 중얼거렸다.

참고로 코타츠라는 건 석탄을 연료로 한 난방 기구였다.

그런 스즈하 오빠의 말을 옆에서 듣고 있던 츠바키가 갑자기 술렁거렸다.

"귤은?! 귤은 따라오는 거지?!"

"귤도 세트로…… 아, 기숙사에도 코타츠를 사둬야겠네."

"부탁한다!!"

코타츠를 인원수에 맞춰 준비하는 건 험준한 산 정상에 서 있는 분교의 입지를 생각하면 필요경비였다. 귤은 뭐, 서비스였고.

그런 생각을 하고 있는데 스즈하와 유즈리하가 찾아왔다.

"오빠, 전 귤보다 고기가 좋아요! 구체적으로는 오빠 특제 돈가스 덮밥이나 치즈 햄버그 같은!"

"저기, 고기도 좋지만 겨울에야말로 어패류가 맛있는 계절이잖아. 겨울을 나기 위해 생선들이 지방을 충분히 저장해두니까……!"

"……아니, 왜 두 사람 다 내 생각을 파악하고 있는 거야?"

"여동생이니까요."

"파트너니까."

"무슨 소릴 하는 거지, 이 두 사람······?"

츠바키가 묘한 표정으로 물었지만 스즈하 오빠도 그건 알 수가 없었다.

실제로는 『추우니까 코타츠』라는 내 간단한 사고방식이 읽기 쉬운 거겠지만.

"······오늘 저녁은 맑은 대구탕이에요. 내일은 메밀국수집 스타일의 돈가스 덮밥으로 할까, 스즈하?"

"좋아요! 역시 오빠예요!"

"맑은 대구탕이라, 좋은데······!"

"소, 소생도 먹고 싶다!!"

"츠바키는 기숙사 도우미 선생님이 만드는 저녁이 있 잖아."

그래도 좀 남으면 싸주겠다고 생각하는 스즈하 오빠였다.

결과적으로는 평소처럼 스즈하 일행이 전부 다 먹어치우겠지만.

오늘은 특히 더 추운 것 같더니 예년보다 빨리 눈이 내렸다.

변경백령은 산속.

왕도에 있을 때보다 훨씬 춥겠지. 그런데.

"──그런가."

자신의 눈앞에는 스즈하가 있고 유즈리하 씨가 있고 츠바키가 있었다.

바로 고개를 숙여보니 지면에서 우뉴코가 몸을 쭉 뻗고 있었다.

건물 창문으로는 유학생들과 점원분이 이쪽으로 손을 흔들고 있었다.

성으로 돌아가니 카나데와 아야노 씨가 기다리고 있었다.

그래서 이번 겨울은, 지금까지 중에 가장 따뜻하다고 느꼈다.

후기

이건 자랑은 아니지만 전 작품에 매번 전력투구하는 타입입니다.

이 소재는 아까우니까 다음 회 이후에 써먹는 그런 일은 일절 없습니다. 매번 억지로라도 소재를 짜내서 그걸 재미있는 순서로 채택한다고나 할까.

……매번 이런 일을 반복하면 당연하게도 늘 소재 부족에 시달리기에……

"──그러니까 편집부 M 씨, 이번에는 뭘 해볼까요?"

"학원물은 어떠세요?"

"흐음."

……그러고 보니 이 작품을 처음 썼을 때도 이세계 학원물을 만들 생각이었습니다. 타이틀도 그런 느낌이고.

글을 쓰는 사이에 방향성이 바뀐 것 같은데 프로의 눈은 속일 수 없었던 모양입니다.

"과연. 역시 학원물의 향기가 작품 깊은 곳에서 진하게 느껴지죠?"

"네? 이 작품이 학원물이었나요?"

"충격이거든요?!"

그렇게 담당자의 배신에 베개를 적시면서도 최선을 다했습니다……!

하지만 덕분에 저로서도 좋은 분위기의 학원물을 만들

게 돼 기분이 좋습니다.

그리고 시간이 흘러 원고에 OK 사인이 내려진 후 담당자로부터 들은 한 마디.

"역시 학원물은 아니네요."

"크아악?!"

……학원물로의 길은 아직 험난하네요……!

독자 여러분께 기쁜 소식이 있습니다.

본 작품의 코미컬라이즈가 시작되었고, 이 책이 나올 무렵에는 연재가 시작됐을 겁니다.

게재 잡지는 월간 코믹 얼라이브, 만화가님은 하기와라 에밀리오 선생님.

1화 콘티도 봤습니다만 표현하기 힘든 마사지까지 빠짐없이 포함되어 있었습니다. 완벽합니다. 만화도 부디 소설과 함께 잘 부탁드립니다!

──그리고 이번에도 여러분의 도움으로 이 책을 간행하게 되었습니다.

웹상 독자 여러분, 귀여운 살색 일러스트 담당인 마술사 나타샤 님, 편집 담당 M님, 교정 담당자나 영업부 여러분, 서점 여러분을 시작으로 이 작품과 관련된 모든 여러분.

그리고 무엇보다 이 책을 구입해주신 독자인 당신.

모든 분들께 진심으로 감사 인사를 드립니다.

IMOUTO GA ONNAKISHI GAKUEN NI NYUGAKU SHITARA NAZEKA
KYUKOKU NO EIYU NI NARIMASHITA. BOKU GA. Vol.4
©Lamanoidon, Natasha 2023
First published in Japan in 2023 by KADOKAWA CORPORATION, Tokyo.
Korean translation rights arranged with KADOKAWA CORPORATION,
Tokyo.

여동생이 여기사 학원에 입학했더니
어째선지 구국의 영웅이 되었습니다. 내가. 4

2024년 7월 15일 1판 1쇄 발행

저 자	라만 오이돈
일 러 스 트	나타샤
옮 긴 이	심희정
발 행 인	유재옥
담 당 편 집	박치우
부 사 장	이왕호
이 사	조병권
출판본부장	박광운
편 집 2 팀	정영길 조찬희 박치우 정지원
편 집 3 팀	오준영 이소의 권진영
디자인랩팀	김보라
디지털사업팀	박상섭 김지연 윤희진
라이츠사업팀	김정미 맹미영 이윤서
영업마케팅팀	최원석 박수진 이다은
물 류 팀	허석용 백철기
경영지원팀	최정연
인쇄제작처	㈜코리아피엔피
발 행 처	㈜소미미디어
등 록	제2015-000008호
주 소	서울시 마포구 토정로222, 502호 (신수동, 한국출판콘텐츠센터)
판매 및 마케팅	(070) 8822-2301

ISBN 979-11-384-8379-7
ISBN 979-11-384-8027-7 (세트)